文人与文

丁易作品精选集

丁 易 著

吉林人民出版社

图书在版编目（CIP）数据

文人与文：丁易作品精选集 / 丁易著 . -- 长春：
吉林人民出版社，2020. 12
　　ISBN 978-7-206-17885-6

　　Ⅰ . ①文… 　Ⅱ . ①丁… 　Ⅲ . ①中国文学—现代文学—
作品综合集 　Ⅳ . ①I216.2

中国版本图书馆 CIP 数据核字（2020）第 259677 号

出品人：常　宏
选题策划：吴文阁　翁立涛　四季中天
责任编辑：张　娜
助理编辑：刘　涵　丁　昊
封面设计：观止堂 _ 未　氓

文人与文：丁易作品精选集
WENREN YU WEN : DING YI ZUOPIN JINGXUAN JI

著　　者：丁　易
出版发行 吉林人民出版社（长春市人民大街 7548 号　邮政编码：130022）
咨询电话：0431-85378007
印　　刷　三河市京兰印务有限公司
开　　本：650mm×960mm　　　　1/16
印　　张：14.25　　　　　　字　　数：170 千字
标准书号：ISBN 978-7-206-17885-6
版　　次：2021 年 3 月第 1 版　　印　　次：2021 年 3 月第 1 次印刷
定　　价：48.00 元

如发现印装质量问题，影响阅读，请与出版社联系调换。

出版说明

丁易，原名叶鼎彝、叶丁易，安徽桐城人，现代著名作家、学者、九三学社成员。丁易毕业于北平师范大学（北京师范大学），历任四川省立戏剧音乐学校、西北师范学院、东北大学、北平师范学院副教授，社会大学新闻系主任，《民主报》总编辑，华北大学中国语文研究室副主任，北京师范大学中文系教授等职。

丁易的文学创作以小说、杂文为主，而杂文的影响最大。著名作家黄药眠说："作为一个作家来说，丁易的写作面是很广的，他能掌握各种文体。他写过小说，写过杂文，但也写政论，也写通讯，也写批评，也写旧诗，也写新诗；作为一个教授来说，他的研究范围也是相当广泛，他研究新文学史，他也喜爱旧诗词，他搞文字学，但也研究历史。据我所知，搞新文学的人，而又有旧学根底的，像丁易这样的人是并不多的。"

丁易的杂文以文学家兼史学家的敏锐目光，在茫茫的历史长河中选取恰当的古鉴，来烛照现实的迷雾，给人以警钟长鸣。鉴于此，我们编选了本书，编选说明如下：

一、收录丁易作品中最适合广大读者阅读、学习的代表性作品。

二、保留原作中符合当时语境的表述，只对错别字、常识性错误进行改动。

三、参照 2012 年 6 月实施的《出版物上数字用法》国家标准，在"得体""局部体例一致""同类别同形式"等原则下，对原书中涉及年龄、年月日等数字用法，不做改动（引文、表格和括号内特别注明的除外）。中华人民共和国成立后的年、月、日统一采用公元纪年法表示。

在丁易短短的一生中，集学者、作家、战士于一身，为我国的解放、教育、文化事业做出了卓越贡献。我们编选本书，希望为读者提供学习和研究便利的同时，也希望更多读者借此了解中国的过去，珍惜今天来之不易的幸福生活。

编　者

目 录
contents

第一辑 杂文 社论

第二辑　小说　散文　诗歌

第三辑　其　他

第一辑　杂文　社论

谈笺注

作品之有笺注，为的是要更明白地去阐明作品的意思，本意原是很好的。可是时间一久，毛病也就出来，大家都来笺注，不免争奇立异，或是自己有点意见，不能见重当世，便假托在古人作品里面。于是就不惜牵强附会，甚而深文周纳。明明是说淫奔幽会，却偏要说是"后妃之德"；明明是说香草美人，却偏要拉上"小人君子"。甚至那个"狂游狭邪"以致"败面折齿"的温飞卿作的词，也都具有"《离骚》初服"的深意了。

笺注至此，可谓堕入魔道，十几年前古史辨中的疑古诸君子也就予以抨击，现在看来，当然更不值一笑了。

不过笑是不值一笑，这种方术却是很可怕的，施诸前代作品倒不打紧，顶多是"厚诬古人"，古人已死，诬亦无碍，但万一笺注家一天高兴起来，把时贤作品也如法炮制一下，那可就叫时贤吃不了兜着走了！

寂居索寞，喜看闲书，随手便得一例。《清代野史》五编《悔逸斋笔乘》有《陈恪勤之诗案》一则：

康熙陈恪勤公鹏年，守苏州，以峭直获罪总督阿山，恪勤偶泛舟虎邱，赋诗两首云："雪艇松龛阅岁时，廿年踪迹鸟鱼知。春风再拂生公石，落照仍衔短簿祠。

雨后万松全合查，云中双阙半迷离。夕佳亭上凭阑处，红叶空山绕梦思。"……阿山得其诗稿，乃密疏弹劾，谓恪勤阴有异志，非徒以文字讪谤而已，以原稿呈进，而逐句笺疏其傍，第一章首联，则以雪艇松龛皆名僧别号，而有明遗臣，大抵托迹空门，恪勤阴与往还，密图恢复。鸟谓水鸟鸥鹭之属，隐指台湾郑氏，言恪勤与郑氏交通，二十余年中，无日不密递消息也。雨后万松，阴指故明宗室，弘光帝名由崧，故有万松语。云中双阙，则指北朝宫室，迷离谓缥缈空虚，若有若无也。末联则以明南京故宫中有亭名夕佳，故托以寄意，红叶指明裔，盖朱为明姓，叶则后裔之谓，言其心无日不思明也。……疏奏，得旨严加申斥，谓诗人托物寄兴，岂必皆有寓意，阿山有意罗织，深文巧傅，冀兴文字大狱，殊失圣朝宽大之意云云。恪勤竟获免，使其事在雍正间者，族矣！

原诗本有两首，这里只录了一首，然而也就够了，只这一首的"笺注"，就足以令人读之不寒而栗，《笔乘》作者最后两句按语中的"族矣"二字，血腥之气，还勃勃纸上，雍乾之间，这么"族矣"的，就不下十几起！

然而我们于战栗之余，却不能不惊叹这"笺注"注得之巧，鸟鱼隐指台湾，红叶暗托明裔。若以此术，触类旁通，则深山大泽，白浪洪涛等等名词，无不可以说是暗有所指了。——也许是太巧了吧，连主持"族矣"的专制皇帝也觉得有点不大像话，而不得不说诗人是"托物寄兴"，告发者未免"有意罗织"。

这种"罗织"方法，用的就是笺注家笺注古书的方法。所不同者，笺注家是"罗织"古人，而阿山是"罗织"今人而已，古今人并不是不相及的啊！

1943 年 10 月 9 日

"理屈词穷"

喜欢弄弄长短句的人，大概都知道彊村老人朱祖谋这个人吧？他是用校勘经史的方法来整理古人词集的，一部《彊村丛书》，精审绵密，确是超越前人，他在清朝时做过侍郎，民国成立，就以遗老自居，隐居沪上，他的词作得很好，据说简直是凌迈梦窗，并世无两，可是晚年却不多作了。有人问他原因，他苦笑答道："理屈词穷！"

对于这位遗老，本可不必批评，只是他这"理屈词穷"四字，却悲凉凄恻，值得同情。他自己是知道这个遗老做得未免无聊，有些"理屈"。然而"理屈"的人，却不一定都是"词穷"，相反的往往还更要"强词夺理"，颠倒是非。可是这位老人却没有这样做，他坦白地承认他"理屈"，不为这理屈辩护，"词穷"，就干脆不说，默默等死，这心情也就够可怜了，人们同情他，就是由于可怜他的缘故。

也许是"人心不古"吧，而今像这样"古道"的人似乎并不多见了，分明"理屈"，偏要"强词"；已是"词穷"，却还"夺理"。甚至旁敲侧击，大做反面文章；海阔天空，暗传言外之意。流弊所及，便是诬蔑正义，是非不明，谣诼繁兴，真相蒙蔽，清楚一点的人，摸不着头脑，糊涂一点的就跟着乱跑了！

本来理直的道路并没有拒绝理屈的人去走，这只是一念之差，放下屠刀，立地成佛，纵或畏首畏尾，势有不能，那就该学学那位朱彊村遗老，自知理屈，索性不发一言，默默而死，也还可以落得人家一片同情。

不过话虽如此，若真以此希求彼辈，实未免过高，他们是不能与朱彊村相提并论的，彊村是自知理屈，但另一个不正确的节操观念，顽固的不愿使他翻然改悔，而良心正义，又不欲为这屈理辩护，所以宁可矛盾一生，忧伤以死。而他们呢，则根本无此矛盾心情，更缺乏彊村的正义良心，只有一副"老子偏要这样干到底"的流氓想法，所以就大吹大擂，在报张杂志，呜呜不休，一如更深犬吠，虽令人听得有点毛骨悚然，却也真令人万分憎厌。

不过黎明一至，其将何处遁形？石子一丢，鼻尖正着，终于会嗷然而逝的。

1943 年 11 月 2 日

女权二则

一

鲁迅先生曾解释旧戏中旦角受欢迎的原因是：男人看是扮女人，女人看是男人扮。寥寥两语，却说得不能比它再透辟了。

时事推移，今之旦角，已多由坤伶扮演了，不但有"坤伶花衫"，而且有"坤伶须生"，势力居然侵占了男角的地盘，这在主张"女子学校必须女子做校长"的女参议员们看来倒是件可喜的事。

但从另一方面去看，女人确也没落了，她连看"男人扮"的一点享受也被剥夺。

当然，女人不一定都是要看"男人扮"的。而男人则确是看假扮的看腻了，索性玩起真的来。而且再进一步，将真的扮假，迷离扑朔，以增其"飘飘然"之感，于是乎花衫须生皆有坤伶，而坤伶乃大盛！

明乎此，可与言今日之女权。

二

"惟女子与小人为难养也"的时代已经过去，现在据说对女人的看法已经是"提高"了。

"提高"之术，首先是正本清源，把历史上的女人全来个重新估价，于是越国没有西施，不能沼吴，吕布没有貂蝉，不能杀卓，武则天是大政治家，而赛金花则竟是个革命的女战士。

一经提倡，便风起云涌了，远者如虞姬、吕雉，近者如李香、葛嫩，甚至查无实据的潘金莲都成为了不起的女英雄（应该是英"雌"），有的甚至已经改头换面地跑上舞台或银幕了。

这样，好像女人在古时候就是很自由很有"权"，许多丰功伟业全是女人们造成的，而这些女人们又奇怪得很，全有倾城绝色！

重新估价是应该的，只是当时的历史社会却必须分析清楚，如果一味赞扬，抛开时代，那么，是不是叫现代女子重新都去学武则天、貂蝉、李香、葛嫩呢？

武则天是由皇帝的姨太太跃上专制女皇的宝座，貂蝉是丫头，李香、葛嫩则是妓女，她们的背后都隐藏着一部女性惨史，这点是应该首先弄明白的。

至于全是倾城绝色这点，希望只是偶合，否则这个"提高"就很危险，因为提得愈高结果是摔得愈重！

1943 年 11 月 10 日

大哉孔子

从前《论语》杂志派中诸君曾经把孔子糟蹋得不成样子，现在又要来崇尚孔子了，孔子原本只有一个，清清白白的在那里，只是被这些少爷老爷们，一会儿给他鼻端抹白粉，当作小丑玩，一会儿又将他披上冕旒华衮，捧作神道崇拜，孔子何辜，遭此荼毒！

其实孔子既非小丑，亦非神道，他只是个平平常常的人，根据记载看来，还非常的和蔼可亲，从不摆导师学者的架子，对待青年人尤其诚恳，他的学生非常之多，却个个都那么信任他，亲近他，从没有闹过风潮，但也从没有听说他怀疑过学生，而暗暗地派人去侦察学生行动，或是检查学生信件之类。

可惜这么一个好人，因为自己过于小心谨慎，述而不作，竟没有著下一部书留传给我们（孔子赞《易》，皆系伪托），虽然一部《春秋》是他的微言大义所在，但那只是他根据史料编纂而成，严格说来，只是编著，不是著作。

不过要想研究孔子，《春秋》仍是应当一看的，平居无事，还喜欢读读古书，这回谈到《春秋》，恰好手头有一部《穀梁传》，信手拖过，随意翻阅，不料劈头就在隐公元年憬然地看到一条，且将经传注疏，一齐抄下再说。

经："冬十二月，祭伯来。"

> 传："来者，来朝也，其弗谓朝何也？寰内诸侯，
> 非有天子之命，不得出会诸侯，不正其外交，故弗与
> 朝也。"
>
> 注："臣当禀命于君，无私朝聘之道。"
>
> 疏："言臣当一一禀命，无自专之道也。"

这就是后来的"大夫无私交"的出处，穀梁解经，是否即是孔子本意，这是经学上的问题，姑置不论，不过我却相信这段没有误解，这个道理无论是在何种政体的国度里，只要国家制度还存在，永远是天经地义值得立国者注意警惕的！

考之历史，凡是真正的忠心为国之士，都能深明此义，三国时诸葛瑾仕吴，弟亮仕蜀，两弟兄从没有过私人往来，就是在通使联欢的时候，私人也不相见，《吴志·瑾传》说：

> 建安二十年，权遣瑾使蜀，通好刘备，与其弟亮俱
> 公会相见，退无私面。

甚至诸葛瑾送个儿子给弟弟承桃，也得要启明孙权，《蜀志·亮传》：

> 初亮未有子，求乔为嗣，瑾启孙权遣乔来西。

这两弟兄是真正地做到了"大夫无私交"这句话了。

后来史可法答多尔衮书也正正堂堂地引及此义，加以阐明，更是昭昭在人耳目。

相反的，身为国家高级官吏，而与敌国有"私交"的，无一不是卖国汉奸，秦桧就是最著名的一个。

而抗战以来如王克敏、汪精卫诸逆，也无不都是先以"私交"为基础，然后出卖整个的国家，这更是大家周知的事实。

因此"大夫无私交"之义，确是万古不刊，至今仍有郑重提出的必要，而孔子目光高远，就实在不能不令人喊一声"大哉孔子"了。

只是而今海上归来，便成说客，一朝"反正"，便是官人，'不正其外交'者，如过江之鲫，孔子若生今之世，不知作何感想？据我推测，必定也要秉笔直书，深恶痛绝吧。

因此，我们于"高山仰止"之余，就不禁有孔子不生之叹了！

1943 年 11 月 16 日

杂谈清客

所谓清客，亦即帮闲，起于何时，已不可考，据我推测一定是很早的，战国时的四君，门下食客，常数千人，这大概就是清客的祖宗，历史上画出来的他们的面孔，如冯谖、毛遂之流，似乎都还不算坏，但到了鸡鸣狗盗，就渐渐地露出本相来了。固然鸡鸣狗盗还是搭救了孟尝君的危难，但在平时，我想也许就用这点鸡鸣狗盗的伎俩，去给孟尝君消遣助兴凑凑热闹的。

清客的人格，从各方面察考，都十分游离：他似乎是主人的朋友，但有时又不是，他似乎也有点主张，但有时又没有，不上不下，若有若无，实在叫人难说得很。

不过游离虽是游离，他们也可有个基本原则：那就是一切均以助兴凑热闹为主，主人没有说出或是仅仅示一点意，清客们就得赶快地给完成出来，这副先意承志、知趣讨好的嘴脸，在旧小说里很有些具体的描写，如《红楼梦》写大观园落成后，贾政带着宝玉去给亭台楼阁题名，后面跟着的那一批，以及《金瓶梅》里的追随西门大官人左右的应二花子之类都是。

近涉猎闲书，偶然在《古杭杂记》里碰着一则清客的故事，颇为有趣，录之如下：

> 韩侂胄作南园于吴山，竹篱茅舍，宛然田家，侂胄

游其间甚喜曰："状得极似，但欠鸡鸣犬吠耳。"既出，
闻庄内鸡犬声，令人视之，则府尹赵师睪也。

赵师睪以现任府尹，而做韩府清客，助兴凑热闹，竟至于
学狗叫，也就下流得可以了！然而这正是清客的事，他人代替不
得，比如说假使换一个奴仆或是卫士什么的这么去助兴，那就一
定毫无趣味，说不定还要引起韩侂胄的讨厌呢。当然奴仆和卫士
也不敢这样去做的。至于清客呢，以不上不下的身份，去做这种
近乎奴仆而又不是奴仆做的事，那就真正是恰到好处，再合适也
没有的了。所以这故事的事实，虽然下流，可真把清客的骨髓都
画了出来。

清客这么热心地去助兴凑热闹，当然也有他的目的，那就是
向上爬。清朝的官吏，出身幕客的很多，即或是科第起家，事前
也大半都做过幕客，而幕客之与清客，正是一而二、二而一的东
西。幕客致身官吏，就是清客爬上的结果。

目的既在上爬，方法自有多种，姑举一例，还是赵师睪的。

侂胄有四妾，皆郡夫人。其次又十人。有献北珠冠
四枚者，侂胄以遗四夫人。十人皆愠曰："等人耳，我
辈不堪戴耶？"侂胄患之。时赵师睪以列卿守临安，闻
之，亟出十万缗，市北珠冠十枚，瞰侂胄入朝献之，十
婢大喜，分持以去。侂胄归，十婢咸来谢。望日都市行
灯，十婢顶珠冠而出，观者如堵。归语侂胄："我辈得
赵大卿，光价十倍，主何吝一官耶？"遂进师睪工部侍
郎。（宋阙名《庆元党禁》）

这种走内线的方法，自然是向上爬的捷径，古今风行，各地一致，不一定是清客才做得出，然而先要有个清客资格做底子，那么消息格外灵通，奏效一定更速，韩侘胄的姨太太们争风吃醋的事，出于闺阃之内，为什么赵师罴竟会"闻之"，这就是因为他学过狗叫，先有狗叫做底子。

明乎此，就可以知道赵师罴为什么以现任官吏而仍去做韩侘胄门下的清客了。

以上所说，都是就事实立言，不过清客的产生，是有它的社会背景的，社会本质如果没有改变，清客仍然是不会绝迹，中国社会是不是和以前有了不同呢？这问题请历史学家答复罢，这里恕不多说了。

1943 年 11 月 25 日

由"梨涡"谈起

宋罗大经《鹤林玉露》有一则故事：

> 胡澹庵十年海外，北归之日，饮于湘潭胡氏园，题诗云："君恩许归此一醉，傍有梨颊生微涡。"谓侍奴黎倩也。厥后朱文公见之题诗曰："十年浮海一身轻，归对梨涡尚有情，世事无如人欲险，几人到此误生平。"

胡澹庵就是胡铨，当秦桧专政，威权煊赫，力主和议的时候，满朝官吏无不希承意旨，谄媚阿谀，独他一人上了一通封事，痛斥和议，请斩秦桧。奏章一出，连金人都震骇得君臣失色，以千金购求其书（见《宋史》本传）。这便是著名的戊午封事，现在有好多中学国文教本都已经选入了。

当然这通封事上了之后，是不会有好结果的，总算万幸，还没有送命，奉旨编管昭州，再徙海南，罗氏所谓"海外十年"，便是指此。

这种凛然特立的风操，刚毅无畏的精神，千载之后，说起来还虎虎有生气，虽然他明明知道和议是阻不住，秦桧也斩不掉，自己反对，不过是鸡蛋碰石头，却仍偏偏要抗章反抗，不免有点书生气。但是可宝贵的也就是这点书生气，他说出当时千万人心里想说而不敢说的话，昭告天下正义尚在人间。无论奸慝的威权是怎样炙手可热，正义是永远消灭不掉的。

然而有这种风操和精神的人，仅仅因为爱上了一个姬人黎倩，做了句"梨涡"的诗，就被朱文公——就是朱熹讽刺起来，说是"误平生"了。既是平生，似乎以前的一切，全给这一下子误尽。

理学家论人论事，喜欢吹毛求疵，好像成了一种特性，连苦节十九年不投降的苏武，娶了一个胡妇，也曾被他们的笔锋扫过。然而苏武仍是苏武，正如胡铨仍是胡铨，高风亮节始终是与日月争光，决不会因这无聊的讽刺而丧失的。只是这种迂腐见解，实在令人见之作呕，也无怪乎纪昀撰《四库全书提要》和《阅微草堂笔记》时专门和他们为难作对了。

但是这种风气，传到现在，流弊所及，却非常可怕。批评人物，往往不从大处着眼，撷拾一二小节，反复推敲，便断定这人物的生平，而摇头摆尾，自鸣得意。下焉者则借此以为攻讦之具，刺探私事，引为口实，甚至捏造消息，腾诸文字，颠倒是非，混淆黑白。似乎一个人吸吸香烟，谈谈恋爱，都成罪名，其他的一切功绩均可以因此抹煞。而一个无恶不作的奸逆，只要他正襟危坐，没有女友往来，仍不失为君子似的。

"始作俑者，其无后乎！"这个罪魁祸首，宋儒是不能推卸的了。只是可怪朱熹，自己平生精研孔氏之书，为什么把子夏的"大德不逾闲，小德出入可也"一句名言忘记了呢？

写到这里，却想起朱熹一件事，那是可以和胡铨这事对比一下的：朱熹也曾打算过弹劾一个奸慝韩侂胄，数千言的奏章都写好了，门人们再三阻止，也不听从。可是却因为卜了一个不吉利的卦，终于将奏章烧掉。这拿来和胡铨为了国家，而置生死于度外的精神比较一下是怎样呢？大概朱熹做这首诗的时候，自己的这段事怕是忘了，否则的话，也许要赧然辍笔吧！

1943 年 11 月 26 日

经与史

这似乎是件不可解的事，提倡读古书的人，多半主张读经，很少主张读史。同是古书，在这些先生的目中，也分成了高低上下。

细究起来，这现象也并非始于今日，也是由来久矣的事了！

历代学者研究经的总是比研究史的要多，一部《十三经》，商务印书馆白文本，不过区区几百页，而研究这区区几百页的著作，单是清朝一代的，煌煌两大部《皇清经解》，就是几千本，要是再加上汉、魏、两晋、南北朝、隋、唐、五代、宋、元、明人的注解及研究，那真是足以"汗牛"且可"充栋"了，而研究史的专著呢，除去前四史有一些而外，《晋书》以下就简直谈不上什么，这不必劳神去翻目录书，只要看看开明书局出版的《二十四史》每史后面所开的参考书目，便可明白，那书目是开列得很完备的。

这现象表面看来，似乎是不甚可解，但是若留心一下史实，则此中消息，也不难窥见。

在中国学术史上，经学家一向是比史学家走运的，最著名三代传经的高邮王氏，就是祖孙尚书；撰《读礼通考》的徐乾学、《五礼通考》的秦蕙田，皆是尚书、大学士之类；而校勘《十三经注疏》的阮元，则竟是太傅了。此外如方苞、王鸣盛、孙星衍等等，无一不是二三品大员。而史学家呢，深邃《明史》的万季野，终老诸生，旷代史才的章学诚虽然捞到个进士，也仍然奔走幕府，碌碌依人。至于著史的就更惨了，《四史》作者，班固、范晔都不得其死，司马迁则竟受了残酷的"腐刑"，只有一个陈寿稍稍好点，但也从没有得意过；连欧阳修以宰相之尊，文章泰斗，修了部《新五代史》，仍还遭不白之冤，人家平白地说他和自己甥女通奸！

这就说明了经学家多于史学家的缘故了，然而这还不是问题的症结，经学家为什么走运，而史学家为什么倒楣呢？

道理说穿，也没啥稀奇。历史，它是一面镜子，里面固有不少值得后人作模范的人物，但魑魅魍魉，牛鬼蛇神，也无不具备；帝王们，弑父杀兄，酖弟戮侄，和庶母通奸，娶嫂嫂为妾，灭绝伦常，迹同野兽的行为；以及巨慝大憝的卖国阴谋，通敌诡计，陷杀忠良，认贼作父的真相，在历史上都是载得明明白白的。而这些现象呢，却又是无代无之，千百年后还是不断地活生生地在重演着。比如说历代帝王闹的那套"禅让"把戏，都是一个模子铸成的，《三国志》裴注说曹丕受了汉献帝的"禅"之后，得意忘形地说："吾今日知尧舜之事矣！"这就是不打自招的口供，这口供当时说说是无所谓，记在历史上就成了镜子，后来扮演的人，对着这镜子总不免有照出原形之感，而不胜其难为情，当然更不愿意别人知道了。于是历史乃在专制帝王和大奸大贼们的厌恶之下，走上了厄运。这正如读《阿Q正传》而面红，看鲁迅杂文而自馁是一样的道理。

至于经学呢，可就不同了，经书多属空论，不涉现实，而且文字简单，意义含混，纵有一二近乎"荒谬"之言，也有蒙蔽真相的先贤时贤注解在，大可不必担心。经学家考证"粤若稽古"四字，虽可以洋洋洒洒写上万言，但有什么关系呢？它于专制帝王的威权，大奸大贼的诡计，是毫不相干的。因此独裁者乃不惜以高官厚禄驱天下士子趋入此途，于是乎经术昌明而史学衰歇。

还是一句经上的话："民可使由之，不可使知之。"经只说"由"，而史则竟教"知"，剥出真相，照出原形，他们自然是会由不安而憎恶的，此所以专制帝王只崇经术不提史学也。

但是专制帝王推崇经术的结果是怎样呢？且抄清许善长《碧声吟馆谈尘》卷四一节故事来看："观《霜猿集》一诗云：'谨具江山百座城，崇祯夫妇列双名，鲜红简子书申敬，献纳通家八股生'，盖甲申三月之变，吴中子弟口号，讥讪先达曰，将红简一，上书谨具大明江山一座，崇祯夫妇二口，奉申献纳之敬，通家生文八股顿首拜。虽近刻薄，而国破君亡之故，未始不由于此，习八股者，亦可憬然返已。"

八股，按科举时代的说法，是"代圣人立言"的，所以题目都出在经书里面，推崇经术，可谓至矣尽矣！然而结果呢？断送大明天子江山的就是它！

以上等等，都是信手拈来，漫谈一阵，自知是极不充分，然而就凭这一点点，也可以使人"憬然返已"了！今之提倡读经诸公，是否也和过去提倡者的想法一致，当然不敢臆测。但是我奇怪的是：为什么竟没有人提倡读史呢？

还是读读史吧，这面镜子，一方面可以自鉴，一方面也可以鉴人的！

1943 年 12 月 11 日

大德小德

上次写了一篇《由"梨涡"谈起》短文，主要的意思只不过在阐明子夏的"大德不逾闲，小德出入可也"一句话，闲来无事，翻阅《四书集注》，朱熹在这句话底下注道："言人先立乎其大者，则小节虽或未尽合理，亦无害也。"原是很好的解释，可是他又引了"吴氏曰：'此章之言，不能无弊，学者详之'"，这就未免仍有道学气了。

一个人假使大德小德都合理，尽美矣又尽善也，自然更好，但是"三代以下无完人"，可见古人已经不能这么十全十美了，而三代的事，也就渺茫得很，现在多半无法考查，是否竟有"完人"，还在不可知之数。因此，子夏这句话，倒真是知人论事的名言，而予一般略其"大"者而专责其"小"者的别有用意的论客们以当头棒喝！

精忠报国而终于屈死的岳飞，以及毁家纾难、颠沛流离、至死不降的文天祥，现在总算被人提倡得震天价响了，然而这两位民族英雄少年时代，也还做过些道学家所认为"离经叛道"的事，宋徐梦莘《三朝北盟汇编》（本书传本至罕，仅有光绪间越东排印本，抗战前南京国学图书馆藏有丁氏八千苍楼旧抄本颇名贵，此据丁传靖《宋人轶事汇编》引）说："岳飞在徽州，有百姓诉其舅姚某，飞白其母每责之。他日飞与舅同行，舅出马前飞驰约数十步，引弓回射飞，中其鞍桥，飞驰马逐舅，擒下马，自取佩刀剖其心，然后碎割之，归白其母，母曰：'何遽若此？'飞曰：'若一箭或上或下，飞死矣，今日不杀舅，他日必为舅杀。'"而文天祥则《宋史》本传上明明白白载着"性豪华，平生自奉甚厚，声妓满前"的。

可是岳、文二公忠义正气，千载之下，犹使人闻风兴起，这些出入的小节，不但不能掩其"日月之明"，倒反而更能摆出那光明磊落的行径，益觉其可亲可近，并不是一个铁青着面孔的尊神，听说近来取二公的事迹编成剧本的已经有好几起，赋性素懒，颇少观剧，不知作者亦曾留意及此否？如果没有，我觉得倒是应该加入，二公本是人，不必将他们神化。

因此，相反地说来，一个人如果"大德"堕落，如出卖国家、危害民族、助长恶力、阻止进步等等，则其人纵或小节稍有可观，仍是丝毫不能予以宽假、遽认禽兽为人类的；至于连小节也没有，自然更应排绝了。这点明顾宪成说得极透彻，他说："吾闻之，凡论人，当观其趋向之大体，趋向苟正，即小节出入，不失为君子；趋向苟差，即小节可观，终归于小人。又闻：为国家者，莫要于扶阳抑阴，君子即不幸有讹误，当保护爱惜成就之；小人即小过乎，当早排绝，无令为后患……（《自反录》）对君子不妨存恕，对小人则应苛求，这是古今来颠扑不破的真理。

此理原极易明，而世人偏欲蒙蔽，苛责君子，宽纵小人，或是本此原理，变换花样，比如说：苏联虽是民主国家，然而仍有穷人；德国虽是独裁政治，然而却有纪律。这样相提并论，好像均有优劣、并无不同，混好恶于一堂，列妍媸于一席，耍弄手脚，自以为机关做得巧妙，然而不必明眼人，只要不瞎，仍是一见即辨的。

真理不是戏法，奈何以戏法视之！

1943 年 12 月 12 日

谈万民伞

小时在家，常常见到大出丧，热闹非凡，每每轰动全城，万人空巷地去看。

丧而大出，则死者或死者的儿孙，当然必都是做官的人。因此在一群叫花子揹着的仪仗之中一定有几柄万民伞。看热闹的人也往往以这伞之多少，来判断死者或死者的儿孙的宦绩，而啧啧称叹，或撇撇嘴唇。

这伞就是古人说的"鸣金张盖"的"盖"，其形状与现在的阳伞、雨伞是不同的。大红绸缎制成，下幅拖下一二尺长，就像蚊帐剪去了半截而略大一点。如今在图画中或是旧戏里还可以见到，古代官吏们出来，跟在后面的从人往往给撑着这么个玩意儿。

万民伞就是借这玩意儿来歌颂长官功德的，其性质颇与德政碑相似，但却要巧妙得多，德政碑不过竖一块石头刻上几个：字，年深日久，埋没荒烟蔓草之中，谁也不会再去注意。而万民伞呢，则不同了，它可以携带着走，随时随地都能拿出来撑场面。出丧、做寿、娶媳、嫁女固可作重要仪仗，就是没有这些"大典"时，过年过节，也不妨陈列厅事，向亲戚朋友炫耀一番。尤妙的是上面除去四字颂语之外，还密密地绣上许多人名，也就是所谓"万民"，真名实姓，丝毫不假，确确实实地证明是位

"青天大老爷"，无怪乎看热闹的人一个个肃然起敬了，至于是否出自"万民"的公意，或是征得同意，当然无从知道，而且也从没有人去过问的。

现在还有没有送万民伞的事，我不得而知，只是想起来总觉得有些奇怪。那时保甲制度并不精密，户口调查也不完备，在哪里去找这么多成千成万的人名绣上去呢？这倒真是件不容易的事。

最近和一位朋友谈起，朋友是做过几任县官的，他听了我的话，鼻孔里冷笑了一声说：

"你以为是真的么，活见鬼，全是捏造的！"

我听了这话，不禁一怔。心想自己虽然世故不深，阅历尚浅，但自信还不致糊涂到相信万民伞是出自公意或是得了同意，然而一向总还以为是冒了真的姓名，却万想不到竟是捏造！不过接着一想，也就醒悟过来，陪着朋友笑了。

从朋友的话里，我得了不少的启示：盖真的姓名，有其人在，万一对质，便露马脚。捏造的姓名，则并无其人，然而又确是有名有姓，和真正的姓名一样，对质无从，事便坐实。万民伞的特色，就在罗列姓名，示人以信，现在寓诚信于虚幻之中，越是虚幻，就越见诚信，真真假假，假假真真，天下还有比这更巧妙的事么？

说到这里，就又想起民国初年北洋军阀们，忽而上台，忽而下野，忽而刀兵相向，忽而杯酒言欢。其间总要授意一些绅商们出来表示意见，无论欢迎拥护，拒绝打倒，在通电全国敬告同胞的时候，往往都是用全县或全省民众的名义，其为假托，自然一看便知。只是那时万民伞之风正在盛行，为什么绅商们竟没有想到这种办法，来个依样葫芦，岂不更为巧妙？要说是电文求简，不便罗列，则亦不妨以"等等"或"……"代之。古人闻一知十，那时的绅商，头脑究竟不免滞钝一点，不如古人了！

1943 年 12 月 31 日

谈妖言

梅曾亮《伯岘山房文集》有一篇书李林孙事，说是乾隆末年，承平日久，臣工百僚不知兵革之事，独有任侠士李伯瑜于某巡抚座间大言曰：某处教匪当起。一座大惊失色，都以为妖人，要将他拿送刑部治以妖言惑众之罪，但后来果不幸而言中，教匪四起，于是官吏们又争相迎聘，礼为上客云云。

梅氏言外之意，对此君有先见之明，是大为赞许的；其实现在看来，这倒并不是什么先见之明，如刘伯温《烧饼歌》之类。此公既是任侠，必然来自民间，又周游各地，民间情形，当然熟悉，所谓教匪当起自亦必有所闻见；既闻既见，说了出来，原也不是什么稀奇的事。正如七七事变前，敌人在华北种种行为，谁都会知道有侵略我们的野心一样的稀松平常，如何算得卓见。只是当时的巡抚们，身为封疆大吏，如许大事，事前不知，别人说了，却反认为妖言惑众，而要拿送刑部治罪，倒确是十分稀奇的事，然而也就昏庸得可以了。

只要稍稍明白一点清代历史的人，大半都知道仁宗时有林清之变。区区一二百土匪竟打进了“大内”。要不是道光皇帝（那时还是皇子）射死一个匪头，事件还不知要闹到多大。然而林清之变，据《啸亭杂录》说，事前宫中已有所闻，只是大家都不敢说，怕惹妖言惑众的罪名，以致生出这事变。

　　原来在专制时代所谓升平之际，是不许说有叛乱之事的。理由很简单，俗话说"升平无事"，一有事当然就不显得升平了，于是臣工们逢迎趋媚，只是一味歌舞升平，年深日久，视为当然，一旦真正有事，别人说出，倒反认为是妖言惑众了。

　　其实呢，这个"妖言"，正是实话，而说别人"妖言"的人，自己倒真的是"妖言"了。

　　不过话虽如此，这种人也还情有可原，因为他们真的是不知道，是诚心诚意将实话当作妖言的，一见实话兑现，仍然知道将说实话的人奉为上宾。虽然昏聩糊涂，究不失为诚实，较之历史上专有一种自己明明知道是实话，而却又不许别人说出，一口咬定说是升平之世决无此种现象，自欺欺人者流，终还要较胜一筹的。

1944 年 1 月 2 日

读经札记

一

天下有道，则庶人不议。(《季氏》)

孔子这话，是说得很明白的，天下有道，庶人不议，要是天下无道呢，不用说，孔子的意思自然是要议的了。朱熹于此注道："上无失政，则下无动议，非钳其口使不敢言也。"言简意赅，真是能得圣人之心。

而这有道无道的判断，当然又是取诸"庶人"的公论，这也是很明白的。

然而历史上的专制帝王却以此为口实，来钳制言论，因为他们有道无道的判断，不由庶人，而由自己，既由自己，于是无道也是有道，而庶人也就永远不得议了。

二

民可使由之，不可使知之。(《泰伯》)

孔子这话没有说明白，所以被历代专制帝王引为护身符，而为其施展愚民政策的主张根据。

但是帝王们著为功令的"正注"朱熹《集注》就引程子的话解释得很明白："圣人设教，非不欲人家喻而户晓也，然不能使之知之，但能使之由之尔。若曰圣人不使民知，则是后世朝四暮三之术也，岂圣人之心乎！"

程子的话当然不能必其即为孔子本意，但至少程子的意思是这样的。而程子是"使圣人之道焕然复明于世"的先贤，其说又引入"正注"之中，按照"功令"，是应该完全信任的。

那么专制帝王为什么还要施行愚民政策呢？古代圣贤是不主张愚民的啊！

三

中国人事事爱讲中庸，不为已甚，适可而止，以为合于圣人之道。其实，在孔子的时候已经感到中庸之难得了。

　　子曰："不得中行而与之，必也狂狷乎！狂者进取，
狷者有所不为也。"（《子路》）

孔门弟子三千，贤人济济，竟连一个合于中庸之道的人也没有，闹得他要去找狂狷，可见中庸之道除了他老先生之外，也实在是太难了！而后人却偏偏要学中庸，鄙孔子所提倡的狂狷而不为，也是怪事！

清梅伯言在《书〈庄子〉后》一文中说得好："若行不至周

孔，文不至《六经》，而以中庸自居，是选哭不知自树立者之所为，非所谓雄俊之君子也！"

还是学学狂狷吧，现在正需要"进取"和"有所不为"的人。

四

今之所谓中庸，并不是真的中庸，而是乡愿，而乡愿呢，孔子说——

乡愿，德之贼也！（《阳货》）

孟子根据孔子的话，给乡愿画出一副面孔来：

非之无举也，刺之无刺也。同乎流俗，合乎污世，居之似忠信，行之似廉洁，众皆悦之，自以为是，而不可与入尧舜之道，故曰德之贼也！（《尽心》）

用现代话来说，就是"似是而非"的伪装者。所以表面看来是忠信廉洁，要非议他也无可非议，要讽刺他也无可讽刺。但那个忠信廉洁的幌子后面，却是一副阉然媚世的面孔。最足淆惑视听，贻误世人！

这种乡愿今天并没有绝迹，只是改头换面地存在着，比如说那些提倡读经而实际上行为和经训大相违背的人就是最显明的例子。

对这种人孔子不但斥他是"贼"，而且还有最沉痛的讽刺，

"过我门而不入我室，我不憾焉者，其惟乡愿乎！"（《尽心》）朱熹谓："以其不见亲就为幸，深恶而痛绝之也。"

五

　　狗彘食人食，而不知检。涂有饿莩，而不知发。
（《梁惠王》）

　　旧历年关，弃婴新闻，几乎每天必有，而小学教员因生活无法维持而自杀，报上也确确实实地登出来。大家看后，当作新闻谈论一番，慨叹一番。下文呢，自然是没有。

　　悬千金之赏以求失狗，广告栏里不难遇到；以牛奶牛肉饲狗，也颇有所闻。大家也是当作新闻谈论一番，慨叹一番。下文呢，自然还是没有。

　　没有下文，自然不能怪"大家"，然而总不能没有下文啊，然而竟没有！

　　工部诗："朱门酒肉臭，路有冻死骨。"是唐朝时候的事，还不够古，所以一定要学孟子所说的战国时代，可是孟子却紧接着明白地说："率兽而食人，恶在其为民父母也？"

六

　　君之视臣如土芥，则臣视君如寇仇。（《离娄》）

　　孟子这两句话，专制帝王见了心里实是有点不大高兴的，所以明太祖要将他老先生牌位撤出圣庙，而且要拿乱箭射它，就是为了这两句话。

然而这两句话却是无可反驳的，以朱熹之谨慎小心，注解这两句时，也没有曲意回护，非常直率地说："土芥则践踏之而已矣，斩艾之而已矣……寇仇之报，不亦宜乎！"

古代臣民，本为一体，不为人民谋幸福，人民一定以寇仇相报。孟子发此说于前，朱熹伸其说于后，古圣先贤的见解，有些倒是可以行之百世而不悖的。

七

长君之恶其罪小，逢君之恶其罪大。（《告子》

朱熹注解这两句道："君有过不能谏，又顺之者，长君之恶也；君之过未萌，而先意导之者，逢君之恶也。"

历史上许多暴君压迫虐杀人民的方法，可谓无奇不有，单靠他一人也未必就想得这么完备，一大半是"逢恶"的臣工们给想出的，所以这些臣工实际上比暴君更为可恨。而这些"逢恶"的人呢，又不像"长恶"的那样明显地"君有过不能谏"，他们秘密献计，秘密策动，一切都躲在幕后。挨骂的是施行计策的人，他们倒反而安安稳稳地坐在那里享福，说不定还偷偷地在背后装出一副悲天悯人的面孔，骂骂自己所献的计策，来讨别人的欢喜呢。

孟子对这种人深恶痛绝，感慨深矣！

八

　　人之患，在好为人师！（《离娄》）

　　孟子是以文、武、周公、仲尼之道自任的人，自己就是一位"人师"，门弟子如万章、公孙丑之流，亦多为贤者，然而竟发出了这样的慨叹，可见"师"也是的确不易为的了。

　　当然这句话着重之点，还是在"好为"两字。不得已而为师，起码自己还知道自己不够，还需要学习。一到"好为"，则真和朱注所引王勉的说法："则自足而不复有进矣，此人之大患也！"

　　不过王勉的说法还是就师的本身而言，如果就影响来说，则不仅是自己的大患而是青年的大患了。

　　还是孟子的话："贤者以其昭昭，使人昭昭；今以其昏昏，使人昭昭。"（《尽心》）

　　自己是不是"昭昭"了呢？先在亚圣孟子面前反省一下吧，然后再去板着面孔同青年们讲道德、说仁义如何？

　　　　　　　　　　　　　　　　　　　1944 年 2 月 4 日

谈杂家

杂家之名，好像始见于《汉书·艺文志》，也许还早一点，那就不管吧。手头没有《汉书》，自己又并未熟读成诵，那里面对杂家是怎么个说法，已经忘了，不过次序是列在倒数第二名，倒是确确实实记得的。可见班固那时对它已经就不甚重视了。

不重视是有道理的，因为一杂就不能专，而"专门"始可名家"，现在居然以"杂"成"家"，已经是万分侥幸了，它实在是大有可能和小说家同其命运，被摒诸九流之外的。

杂文之"杂"，是否与杂家之"杂"同其意义，未尝详考；不过杂家学术不纯宗一家，而杂文内容所表现的也十分广泛，这点倒是有些相似的。所不同者，只是自有杂文以来，所有的杂文作者倒没有这么狂妄过，想侧身于"家"之林。相反的，倒是希望他的杂文如其所刺的时弊同时消灭，自然更没有"藏之名山，传之其人"的大愿。但若其杂文还不消灭，那便是证明他杂文中所刺的时弊还存在，这于作者的本意是大相违背的，而在作者自己当然也是件很可悲哀的事，自然更谈不上值得骄傲而沾沾自喜了。

也许是杂文所表现的范围太广泛，所刺的对象太多，不知不觉之中，难免得罪一些正人君子者流，所以杂文也与古之杂家同其命运，不为人所重视，终于命运悲惨，受到迫害和残杀！

自然，明明白白地迫害残杀，这法子太笨，而且容易叫人看清错处是在哪一边，再说也不合正人君子身份。弭于无形，灭于未燃，古有明训，于是花样翻新，其法有二：一曰贬，二曰褒。

贬呢，是先贬杂文丝毫没有艺术价值，说是值不得写，底下就似乎是善意地劝一切杂文作者们，赶快丢下杂文的笔，准备伟大作品的产生去。这颇有点像旧小说里"调虎离山"之计，抗战前是流行过一时的。

褒呢，就更妙了，原来他也是赞成写杂文的！不过，要写，就得超越所有杂文作者，来做第一人。否则的话，不如不写，写呢，就是出丑相。这法子虽妙，亦有所本，老氏不云乎："将欲废之，必固兴之；将欲夺之，必固与之。"只是做得太快一点，就露出马脚来了。

然而无奈杂文作者们似乎都本没有做伟大作家的野心，也没有这么狂妄要压倒一切杂文作者，更没有这么痴，因为自己做不到"状元"就搁笔，所以还是出丑相，而且恐怕出丑相还要一直出下去。

其实要消灭杂文，倒不必这么费尽心机，绞干脑汁去想，倒有一个连根铲尽的法子在！杂文产生由于时弊，铲除时弊，正其本根，则皮之不存，毛将焉附！不用消灭杂文，杂文自然消灭。从这个见地去消灭杂文，凡是写杂文的人，除了不诚实的以外，想来都不但同意，而且欢喜！

不过那时杂文作者们仍不一定去做伟大作家或"状元"，他们倒是可以吸吸香烟，喝点好茶，看看戏剧，听听音乐，悠闲地来做个安分守己的老百姓了。

然而这话也就拉得太远太远了！

本来是谈杂家，一下子却扯到杂文，好在同是一"杂"，也就不管文不对题吧。

1944 年 3 月 14 日

笔名种种

写文用笔名发表，不知始于何时，在中国，假使要追根究源的话，当然也可以追究到古代的。不过那原因大半是为了"明哲保身"，当时文网甚峻，说出来要遭不测，而又不忍其作品淹没，于是便换上一个名字，如清朝戴名世被诛后，他的文集就变成《宋潜虚集》了，当然，自己活着的时候改换的也有，如明末人记载清朝入关暴行的一些著作都是。

这些都是旧事，表过不提。至于近代笔名兴起，其原因未尝详考，要是旁征博引，也许很多吧，但现在却没有这工夫，只据猜想，大抵一是自己谦虚，觉得作品并未成熟，贸然发表，有些赧颜，于是便另起个笔名；二呢，怕还是和古人改名的原因相同，也是"明哲保身"了。但无论原因属于何种，文责当然还是自负，不能因了笔名而遂推诿，这似乎倒也还没有见人推诿过。

用笔名由于第一种原因的，大概用了一些时候，就不大改换了，后来笔名竟代替了真姓名，这例子是很多的，不必细举。第二种呢，除了少数的不愿别人知道自己或是闹着玩玩的而外，可就另有苦衷了，他的笔名是必须要换的，不换，姑且不说身不保吧，首先他的文章就难和读者相见，而文坛上又有嗅觉特别灵敏的人，疑神疑鬼，所以他不但得换，而且还得常换，甚至文稿还得托人代抄。

但是不管换得怎样多，他文章里面的爱与憎是从不改换的，所以异日若将这些用各种笔名发表的文章，汇合一处，结成文集，仍是可以一篇不抽，堂堂皇皇拿出来而无愧色。这只要打开《伪自由书》《花边文学》之类的著作看看，就知道的。

只是人心不同，各如其面，常换笔名的方法，到了另一些人手里也会闹出些奇奇怪怪的花样来。姑举二例以概其余：其一是自己用甲笔名写了一篇作品，然后再用乙笔名写一篇批评，来恭维这作品；其二呢，则是一个主张在那里，他用这笔名写文章来拥护，用另一笔名写文章来反对。这两种方法都颇有点像江湖上"口技"者流，帐幕一闭，锣鼓喧天，众声并起，或是千军万马，声势赫然。但揭开帐幕一看，不过桌一、椅一、人一而已，然而可就深沉得多了！

这方法虽与上述第二种同是常换笔名，但其用心却完全相反。

所以不管笔名换不换，只要后来能一篇不抽地结成一集，公之于世而无愧色，便换一万个也不打紧。要是结成一集之后，自己看了也要红脸，终于是偷偷摸摸地往太太衣箱里一塞，见不得人，那便是两个笔名也要不得。随手又可以举个现成的例，杜衡即苏汶是也！

不过，后者结集的确始终未见，也许自己究竟不好意思动手吧，我倒希望有人来代庖一下，让他自己在脸上涂白粉，不也怪有趣么？

1944 年 3 月 22 日

关于秦桧

前些时偶然在图书馆里看到周作人的一本《瓜豆集》，七七事变前几个月出版的，可以说是周作人"最后"的一本散文集了。随意翻阅了一下，碰到一篇《再谈油炸鬼》，其中他对于岳坟前竖立秦桧夫妇铁像，表示反对的意见，颇替秦桧辩护，说是："秦桧原是好人，他只是一权奸，与严嵩一样，（还不如魏忠贤吧？）而世间特别骂媾和，这却不是大罪。"云云。秦桧的大罪，就是在他以汉奸的资格来"媾和"，除此而外，他没有什么"了不起"的罪，而周作人轻轻易易地就把这个大罪给他卸了，那岂特"不如魏忠贤"，甚至也"不与严嵩一样""是个权奸"，他简直是个"好人"了。可见周作人今日之当汉奸，也并非偶然，那时他就已经作了准备！

当时我看了颇有些感想，打算写出。同时觉得《宋史·秦桧传》，对这个汉奸通敌的事，记载得太模糊，（《宋史》在诸史中修得最坏，至今尚有重修之议。）便又从宋人笔记及当时杂史中搜集了一些秦桧确实通敌的史料。后来不知被什么别的事情耽搁下来，材料放在抽屉中也就忘了。

今天还是在图书馆里，翻到一本八卷三期的《抗战文艺》，有一篇林辰先生的《英雄所见略同》，也是说周作人这篇文章的。其中所言，多与鄙见相合，便又引起写这篇文章的兴趣，回来打开抽屉，将搜集的材料排比一番，以证秦桧确是个道地十足的受敌指使的汉奸，铁案如山，无可开脱。至于对周作人那篇文章的感想，与林辰先生相合者，便就从略了。

首先我们看秦桧在汴京沦陷后的态度。

> 靖康末，秦会（桧）之为御史中丞，虏人议立张邦昌以主中国。马先觉为监察御史，抗言于稠人广座中曰："吾曹职为谏臣，岂可坐视缄默，不吐一词？当共入议状，乞留赵氏。"会之不答。少焉属稿遂就，呼台吏连名书之。会之既为台长，则当列于首。以呈会之，会之犹豫。先觉率同僚合辞力请，会之不得已，始肯书名。（宋王明清《挥麈录》）

这个"不答""犹豫""不得已"等，活活画出秦桧一副准备做汉奸的心事。所以他到金以后，这心事自然就立刻实现，金人简直拿他当做心腹看待。他的归来，就是金人的派遣：

> 天会八年，诸臣虑宋君臣复仇，思有以止之。鲁王曰："推遣彼臣先归，使其顺我。"忠烈王曰："惟张孝纯可。"忠献王曰："此事在我心里三年矣，只有一秦桧可用。我喜其人，置之军前，试之以事，外虽拒，而中常委曲顺从。桧始终言南自南，北自北，因说：'许某有手时，只依这规模分别。'今若踪之归国，彼必得志。"（金张师颜《金国南迁录》）

> 金诸大臣会于柳林，议遣秦桧归国且言彼得志，我

事可济，至计果得行，废杀诸将，而南北之势定。金亦
德之，誓书有不轻易相语。桧亦发宇文虚中事以报之。
（宋车若水《脚气集》）

这里"不轻易相"一句大可玩味。可见以前所谓"彼必得
志"，这个"必"字之权，多少和金人是有点关系的。所以罗大
经《鹤林玉露》就直截说桧归是金之"阴遣"：

> 胡澹庵上书乞斩秦桧，金人闻之，以千金求其书，
> 得之，君臣失色曰："南朝有……"盖足以破其阴遣秦
> 桧归之谋也。

南宋政府里有了这么一个汉奸间谍，而且还身居枢要，天下
事尚可为哉！只是一手也难掩尽天下人的耳目，秦桧的阴谋当时
仍是有人知道的。徐梦莘《三朝北盟汇编》引洪迈的先君所述，
说他的父亲洪皓就当面讽刺过秦桧：

> 秦桧留粘罕所，虏使之草檄谕降，有室捻者在军知
> 状。先君与秦语及虏事曰："忆室捻否？别时托寄声。"
> 秦色变。

《鹤林玉露》也说：

> 忠宣（按洪皓谥）自虏归，戏谓桧曰："挞辣郎君
> 致意。"桧大恨之。

就是高宗自己也不见得不知道，《南宋杂事诗》说："秦太师死，高宗告杨郡王曰：'朕免得膝裤带匕首。'"这匕首就是防备秦桧的。只防而不杀，那是因为秦桧羽翼已成，不敢冒昧。而高宗自己也有许多把柄在秦桧手中，心情矛盾，高宗这时也就十分可怜了。但秦桧虽然这么权倾君主，对金人当然还是忘不了谄事的。清潘承因《宋稗类抄》有下列一段：

> 高宗初至磁州时，磁人不欲其北行，谏不从。宗忠简欲假神道以止之，曰："此有崔府君庙甚灵，可以卜玫。"乃言其庙有马车显应。遂入烧香，其马衔车辇等物塞了去路，遂止不往。后感本事，就玉津园路口造崔府君庙，令曹泳作记。一日北使来，秦桧出接，少憩庙庑，不知何神，上告以故，桧曰："金以为功，今却归功于神，恐不便。"即令毁之。

而秦桧不许钦宗回国，亦通敌之一证明。《续通鉴》卷一二六：

> 金人来取赵彬辈三十人家属，洪皓请俟渊圣皇帝（按渊圣乃高宗即位后遥尊钦宗称号）及皇族归乃遣。秦桧大怒。

甚至钦宗哀怜乞求，亦遭拒绝。《宋史纪事本末》卷七十二：

> 韦后将南旋，渊圣卧车前泣曰："归语九哥与丞相，

我得太乙官使足矣，他不敢望也。"后许之，且与誓而
别……后至临安，入居慈宁宫，始知朝议，遂不敢述渊
圣车前之语。

所谓"朝议"，就是不许钦宗回国，这当然是秦桧和高宗狼
狈为奸。但钦宗既已声明，只求生还，别无他愿，在高宗也就无
所不可。然而竟要坚持，这主要原因，怕还是为了钦宗在金日
久，秦桧通敌阴谋，不无闻知，一旦回朝，西洋镜就会拆穿，这
坚持"朝议"的许倒是秦桧。周密《齐东野语》也说到此事，却
是这么几句："先是大母之归也，渊圣卧车泣曰：'幸语丞相归
我，处我一郡足矣！'"只提丞相，不提高宗，这句话是大可玩
味的。

这诡计金人当然也知道，说不定还是两下串通，《谭辂》上
有这么一段记载：

绍兴十年，韦后至自金，靖康帝未归也。岂当时不
请耶？抑请而不遣耶？至二十二年始遣巫伋请之，而完
颜亮云："不知归后，何处顿放？"伋唯而退。

那么遣巫伋去请，也不过是遮掩别人耳目的事了。巫伋也许
知道内幕，不然为什么就这样马马虎虎地"唯而退"呢。

以上所引，多半是宋人笔记，并非后人转述，自属可信。秦
桧之受金指使，千载之下，尚昭然若揭，周作人为他辩护，正
是说明自己与他同类。我们那时究竟还太忠厚，没有看出或是
说破。

最后还有一点巧合的事，周作人那时曾高呼"奠定思想自由的基础"，"反对思想奴隶统一化"，看来也俨然是个明达之士。而秦桧呢，也尝作《伯夷颂》（见乾隆时江阴缪烜诗），歌颂这位耻食周粟的义士。古往今来汉奸败类都会玩这套"障眼戏法"的。无如事实终要将自己的戏法戳穿，结果还是逆迹昭彰，万人唾弃而已！

1944 年 3 月 23 日

骄傲与顽固

骄傲是青年人的通病，当然，和那一些没有骨头的乏货比起来，是与其乏也宁傲的。

这里所说的骄傲，是指自有其值得骄傲的地方而言，那些妄自尊大者流并不在内。不过即使如此，骄傲的流弊还是很大。它容易使人自以为是，固步自封，渐渐的则变成不肯接受新的意见，而终于是顽固起来。

据说美洲印第安人是非常节义有信的，但他们却始终确信自己是世界上最优良的人种，对其他人种都非常蔑视，连别的人种的所有的一切好处都在内，只是在自己传统的范围里兜来兜去，终于是被他们蔑视的人种征服，而度着可怜的日趋灭亡的生活。

犹太人也是这样，他们具有历史上罕见的优越智能，出了许多大思想家、科学家便是一证，然而他们却永远是觉得唯我独尊，昂然自守，不和别的人种往来，不接受别的人种的好处，结果是到处受着迫害，过着无祖国的生活。

这两个例子，我记得日本鹤见祐辅的《思想·山水·人物》中也曾举过，题目是《自以为是》，那是针砭日本人的。事隔多年，日本人这毛病却越来越深了。日本人不能不说是有点小智慧的，明治维新以后，他们竭力吸收西洋文化，建设自己的文明，倒也颇有可观。但以后他们却以此自傲起来，顽固起来，觉得自己是世界上最优良的民族，而要拿这民族来征服世界了。结果呢，怎样？现在他们的命运不是日暮途穷了么？

中国在过去也是以为了不起的一个民族。自然，我们的国家文化悠久是一点也不假的，在我们文化昌明的时候，西洋有许多国家还没有开化也是事实。而清康熙年间外国使臣报聘，居然遵命三跪九叩首的礼节，至今还有些人啧啧称道，然而这都是过去的事了。这种骄傲和顽固，得来的是什么呢？从鸦片战争直到七七事变，这百年里的悲惨历史教训便是结果。自然，现在又是不同的了，大家都说是光明在望，胜利将临，然而假使在这"望"和"临"的前面，而又自负起来，嚷嚷着中国文化怎样悠久，怎样为西洋所不及，或竟以为自己是四大强国之一，忽略了接受、吸收、包容别人的优点，那印第安人、犹太人的覆辙，和我国近百年的历史，是应该深深思省一下的。

本来说青年的骄傲，却一下扯到这些国家大事来，好像离题太远，然而细想一下，这却是最恰当的例子，国家尚且如此，何况一个青年？

骄傲固然是比没有骨头的乏货好，但却要防备紧接着这骄傲而来的顽固。而骄傲本身也并不是什么值得夸耀的事，向那些乏货骄傲，为的是要他们像你一样的好起来，假如你的骄傲是好的话，并不是摇摇摆摆的炫耀自已耻笑别人。这话说来好像嫌迂一点，然而存心却不可不如是。

所以，我的意见是：与其乏也宁傲，与其傲也宁谦，但这谦却不是卑躬折节，舍己从人，而是谦虚地接受、摄取、包容别人的好处。

1944 年 3 月 24 日

想和做

　　哈梦雷特和堂·吉诃德是两种性格相反的人物，一是只想不做，一是只做不想。

　　这两种人物当然都是不甚好的，要比较他们的优劣，也不过是百步五十步之间，在革命阵容中，都是成事不足，败事有余。所以"解放了的堂·吉诃德"，结果还是离开了革命队伍。

　　但假如有人一定要我在这两人中指出谁好一点的话，那我宁愿说是堂·吉诃德。

　　堂·吉诃德的行动虽然幼稚得可笑又可怜，如盲目地和风车决斗，捏着长矛杀入羊群等，但他却有一种坚韧不拔的信仰（不管那信仰是多么可笑）；无论是怎样的艰苦，迫害，甚至死亡，临到自己身上，他这信仰却从没有动摇过。肋骨折断了，牙齿打落了，耳朵削掉了，都不在乎，爬起来就又提起长矛，拿了盾牌，为自己的信仰奋斗去了。

　　所以在《解放了的堂·吉诃德》里面，他固然是固执着自己可怜的信仰，做出违反团体的事，放走了叛徒谟尔却，但却也有大快人心之举，解放了三个革命党巴勒塔萨等。而当他离开这革命团体时，巴勒塔萨也说他是"好心肠"，和他亲嘴，愿意革命成功后，欢迎他"走进争得的篷帐"里。

　　堂·吉诃德的性格，现在虽然仍存在于一些人的灵魂里，但却并不怎么浓厚，有他那份牺牲决心的人是太少了，尤其是知识分子们。

至于哈梦雷特就不然了，想得异常周到，做起来呢，却一丝勇气也没有。这性格在知识分子之中是极其普遍的，尤其是在革命的前夕，表现得更露骨。打开历史，证据极多，而 19 世纪屠格涅夫写的罗亭便是这一性格发展的登峰造极。一直到现在，中国的青年中，仍有多数的罗亭存在。

这是很有趣的事，有"解放了的堂·吉诃德"，但却还没有听说有解放了的哈梦雷特和罗亭。如若我们假想有这么一个，那是会怎样呢？这虽然不是三两句话可以说完，但据我想，根据那种怀疑畏缩的性格，大概是不会有堂·吉诃德那么光荣的。（罗亭的光荣的死，是屠格涅夫后来加上的。）虽然他们的结果是同样的离开革命队伍。

堂·吉诃德是为人之所难为，而哈梦雷特、罗亭是为人之所易为，一般地说来，无论以前或是现在，哈梦雷特和罗亭是多于堂·吉诃德的。所以哈梦雷特之后，还有罗亭出现，而堂·吉诃德只在西万提斯笔下出现过一次，以后就很少有人写及，这至少是原因之一。

当然，严格地说来，仍如上面所讲，这两位都是一丘之貉，但就知识分子如我辈言之，我是推荐堂·吉诃德的，用他那种坚韧不拔的决心，来医治我们哈梦雷特、罗亭的根深蒂固的病。

1944 年 3 月 25 日

旧话重提

仿佛是歌德说过的，有些道理必须反复叮咛，别人才记得住。这话自然有着它的真理。但是在那反复叮咛的人看来，除了孔子、释迦牟尼这些旷世哲人能谆谆不倦而外，也实在有些腻烦，老是重提着旧话。

历史的进展，可也真慢，至少在中国是这样，有时像赶猪似的，一步步地蹭着蹭着，可是不知怎么个岔儿，忽然猪又倒转头往回跑。累得你满头大汗地去拉去扯，这才把它好容易拉上原路。

比如说，读经问题吧，五四时代已经清算过去了，可是十几年后，又有位将军提倡起来，但又没有新的理由，仍然和五四时代一样。于是又要把旧话重提一番，总算又清算一次了。想不到又是十几年之后的现在，又有人提倡起来，理由呢？还是照旧。你说，这叫人摇头苦笑之外，还从何讲起！

不但读经问题如是，其他的如妇女问题，杂文问题，文言白话，话剧旧剧，中医西医等问题，甚至钢笔毛笔问题，都还在一次又一次地提出。理由呢，都还是照旧。既是照旧而来，那么，当然也只有照旧地回敬了。有什么办法呢，你要照旧呀！

不过话又说了回来，这样照旧，可也真叫人心烦，不管是提倡读经也罢，反对杂文也罢，要是提出点新的问题讨论讨论，倒也还有点意思。老是照旧，照旧，照旧，拖得你也非和他照旧不可。浪费时间，白耗精力，天下烦腻之事，孰有过于此者！

但对这种论争，置之不理，却又不行，你越不理，他越嚣张，嚣张事小，害人事大。而和他讨论又难免心烦之苦。前天和朋友们闲谈，倒谈出了一个简捷的办法来，就是干脆抄书！将以前讨论的文章两方面原封不动地翻印出来，加上个跋语，便作为答复。提倡读经吧，好，将《新青年》的文章挑几篇来刊登；主张文言吧，好，将大众语文学论战时旧作拣两段来翻印；反对杂文吧，好，将鲁迅当日的答复和原作抄几句来转载。只要他不反对《新青年》和鲁迅，这方法倒是既有效果，又省精力，一举而两得焉！

历史既不进展，旧话只有重提。不过重提这些旧话时，却不要忘了注明出处，以免掠美，倒是要紧。

1944 年 3 月 26 日

文穷后工

"文王拘而演《周易》；仲尼厄而作《春秋》；屈原放逐，乃赋《离骚》；左丘失明，厥有《国语》；孙子膑足，兵法修列；不韦迁蜀，世传《吕览》；韩非囚秦，《说难》《孤愤》；《诗》三百篇，大抵圣贤发愤之所为作也。"这几句是司马迁《报任安书》里面的牢骚话，后来人常说的"文穷而后工"，大约就是据此而来（或者受这暗示），而所举的例证，也往往就是这些。

"文穷而后工"，话并没有说错，只是后人没有了解史迁本意，以讹传讹，而穷的意义就局限于物质上的衣食困乏而言，仿佛一做文人，就应该挨冻受饿，而挨冻受饿也就毫不足惜了，谁叫你要去做文人来？

实在说来，穷是含有两种意义的，一是物质上的穷，一是精神上的穷，文穷后工之穷，应该是指后者而言，因为只要是有良心的文人，他对人类社会，一定是有他的理想的，这理想虽然各有不同，但目的都是要求人类和社会更为幸福合理，只是这种理想却又往往和当时政治现象矛盾，矛盾不能解决，精神自然穷困，而文人又终究不是政治家和革命家，他们没有办法采取政治革命的手段，使其理想实现，反求诸己，唯一的武器只是一支笔，于是便将内心的矛盾纠纷，苦闷挣扎，发为文章，这样虽本无意求文之工，文却自会工起来。

史迁所举的那些作者，大半都是属于这种，尤其是仲尼、屈原，他们的理想和当时政治的矛盾，稍稍翻阅古书，还是可以明白看出，所以史迁本意实是指精神上的穷，而且在同书中有这么两句："此人皆意有所郁结，不得通其道，故追往事，思来者……"也就把这意思说得很明白。

但是后人为什么偏偏将这解释为物质上的穷呢？这大概是只看到表面的现象，而忽略了这现象根源的缘故。当文人的理想和现实社会有矛盾而不能解决时，他们是决不愿同流合污的。眼看别人随俗浮沉，飞黄腾达，而他们却坚持自己的理想信仰而日趋贫困，甚至弄到衣食不周，妻啼子哭，这正是精神上的穷影响了物质的困乏，不是只因了物质的困乏而文就工起来。前些时候我曾赠人一联云："漫道诗人多蹇厄，只缘文士自贞良。"是因为"自贞良"所以才"蹇厄"，否则的话，是可以不"穷"的，也就是这个意思。而使文"工"的也就是文人的这点"贞良"之心，不是物质的困乏。

但是我们如果不将这物质的穷离开精神的穷孤立起来看，那么在某些方面，物质的穷对于文人也还有些帮助，它一方面可以更坚定文人的理想信仰，另一方面还可以使文人由此多和苦难的人们接近。而丰富经验，深广认识，这当然都是使文"工"的条件。

因为解释的是"文穷后工"这句话，所以专就"穷"字立言，如果真到了文人的精神物质两俱不穷的时代，那么自又另当别论了。

1944 年 5 月 19 日

文人与文

人们要将自己的思想感情传达给别人，就用语言。但语言是有空间和时间限制的，因此要把这思想传达给别处的人或下一代的人，就不得不用文字，用文字表达了出来，这就是文章。

"言之不文，行之不远"，所以写文章就不像说话那样随便，它必须"文"，也就是所谓"技巧"，然而这比较起所"言"的"东西"来，已是次要的了。

这似乎是老生常谈的话，如果根据文艺原理或是创作方法，自然也还有些深奥的道理可说，可以写成一篇论文甚至一部书，不过这里却不打算涉及，这里要说的还是一些极其平凡的。

有话要说，这才说话。只是为什么"要说"呢，那是因为这话的内容无论直接间接一定于人类社会有点益处的。至于无益的扯淡，那是属于闲话风月之类，不能算作正式说话。将这些有益的话写了出来，加之以"文"，便是文章。当然也有人喜欢把无益的扯淡写出来，但那不在本文讨论范围之列，暂不论及。

只是判断什么是于人类社会有益，也的确不是一件容易的事，那需要广博的学理知识，丰富的人生经验，不是仅仅读一点文艺书籍就够了的。古人说："文内求文，不如文外求文。"也就是这个道理。

因此写文的人也和其他任何部门工作者一样，都是为人类谋幸福，为社会求进步，所不同者，文人所用的工具是文字而已。既以文字为工具，则对于这工具熟练使用的技巧，自然是必要的，正如工匠对于刀锯须有熟练的技巧一样。

写文的人对于人类社会既和其他部门工作者相同，自然也没有什么特别的地方值得骄傲，做了文人也并不见得就比其他的工作者要高出一头。当然，现在的文人们大约谁也不会这样想的。因为大家都是一样拥护真理，反抗强暴。

假设——我只是假设——只是像"为艺术而艺术"似的来"为写文而写文"，目的以做文人为荣幸，才得一诗一文，就沾沾自喜起来，则其结果，必流于无话可说，却偏要说话，上焉者不过是谈谈风月，下焉者就变成了扯淡，而风月和扯淡是既无益于人，又无益于己的。那么以上的那点老生常谈，倒又还值得玩味一番了。鲁迅生前曾劝世人不要做"空头文学家"，殆亦有感于这点老生常谈之为人所忽视欤？

1944 年 7 月 29 日

自 立

这真是一个老题目了，就以我而论，便已做过三次：第一次是在私塾里，第二次是进了高小以后，第三次则是考中学时的国文入学试题。

三篇文章说了些什么，早已忘得一干二净，又记得那时我却不很明白，为什么老师专爱这个国文题呢？想了半天，才终于醒悟过来，大概是老师因为一般人都不自立的缘故。

这当然是小孩子的想法，幼稚可笑得很，但以后也就再没有想到这上面去。此刻写下这个题目，又想了一想，倒觉得那时的意见可笑虽然可笑，却也不无可取。

无论过去现在，中国人除了耕田种地的乡下佬而外，所谓上等人大概全是不大主张自立的，至少也是不很自立的。

上等人顶讲究的是出身门第，魏晋南北朝门阀限制之严，是历史上的事了，姑且不论。就以近代来说，只要是出身世家豪族的子弟根本就无须乎自立，父兄叔伯帮忙帮闲自然会抬着他走，无论升官发财，读书求学，都预备着现成的在那里，手到拿来，毫不费力。专制时代，大臣子弟都可以得"荫"，有时说不定皇帝一高兴，就赏个举人，别人十载寒窗不见得能够得到的，而他竟不费吹灰之力，便是一例。

可是出身门第并非人力所可得来，照老百姓的话说，就是要投胎投得好，而投胎当然又不是自己能选择的。于是投胎投得不好的人，眼看捷径在前，自己却无法跨上，就不免千方百计地去和投胎投得好的人接近了。能够拉上一点关系的，便托为姻亲，或为儿女亲家，或作乘龙快婿。没有关系的便投拜门下，自称弟子。再没有办法的便献女为妾，认奴作父，一切无耻勾当都做出来了。但无论其手法如何，他们目的却是一致，无非想得一依靠，博得一官半职，发财发福而已。

这样，历史相沿，就普遍地造成了一种依赖心理。中国历史上的大小官僚，如若详细研究一下他们的出身来历，大半都是这样依赖出来的。

但是依赖有时却也不大可靠，因为依赖的人太多了，被依赖者有时照顾不周，或是无能为力，就不免搁下几个来。而这些被搁下的人，开头以为攀上了权门，自己也就不可一世，俨然以权贵自居。及到后来，年复一年，仍是依然故我，甚至还日趋没落。于是就不免怨气满腔，抱怨别人不肯帮忙，以致自己穷途落魄。越想越生气，越生气越想，终于是无可发泄，最后便只有拿老婆出气，成天在家闹得鬼哭神号了。这种人仿佛注定了一生下来就要依靠别人，至死也想不到自己还有力量。

当然历史上能自立、能发挥自己力量的人也还有的是，比如说创业垂统之君，或是揭竿起义的豪杰，无论他们的行动目的如何，其自奋图强之处总还值得效法，然而无奈这些人又是不读历史的。

因此这些人仍是一代一代地依赖下去，因此"自立"这么一个老题目还是要翻来覆去地用以写文。

1944 年 10 月 6 日

太学生干政

学生干涉政治，倒确是"古已有之"的，可是请放心，却并不"于今为烈"，要说"烈"还是要推古代，太远的东汉姑且不谈吧，就说南宋一代的太学生运动，现在提起，也还是虎虎有生气，伏阙上书，聚众请愿，自然不必说了，甚而至于有杀伤内侍及中使的事。像靖康元年金兵逼近汴京，政府罢去主战的李纲、种师道等，引起太学生和人民愤怒的情形，李纲自己在《靖康传信录》中就有这样的描写：

> 初太学生陈东与诸生十余人，诣阙上书，明余及师道之无罪不当罢。军民闻之，不期而集者数十万人填塞驰道街巷呼声震地，异登闻鼓于东华门击碎之……不得报，则杀伤内侍二十余人，皆脔割之，虽毛骨无存者，反诟詈宰执李邦彦、蔡懋、王孝迪、赵野等殴击之，皆走散藏匿。于是上遣中使召余及师道入对，余闻命……趋东华门，军民山积，几不可进。宣诏中使朱拱元复为众所杀，盖杀其传旨之缓也。有旨复尚书右丞，充京师四壁守御使。余秉上旨宣谕，乃稍散去。

这种大规模的由学生所领导的群众运动，在历史上确是空前的，就是近代的五四、"一二·九"两个划时代的学生运动，在激烈的程度上也还不能与之媲美。而那时政府也并没有说太学生是被人利用；其时虽没有警察、宪兵，但保卫京城的禁军还是有的，却也未曾用大刀、水龙、藤条、皮鞭来残杀学生群众，这些倒是千真万确的事，更奇怪的是那时独裁专制的君主政府也竟然允许了学生群众的要求，而且还立即实行了。虽然也许他的本心并不愿意，而是出于无可奈何，但就凭这点，也就颇值得今之学生"心向往之"了。

如上所述，那时的太学生在积极方面是拥护主战的将领；但在消极方面他们也毫不客气地打击主和的要员，像绍兴三十年太学生张观等七十二人上书请斩主和的汤思退等（见《宋史·汤思退传》），嘉定七年太学生黄自然等上书请斩主和的乔行简（见叶绍翁《四朝闻见录》甲集），嘉定十二年太学生何处恬等二百七十三人上书请诛主和的胡榘（见俞文豹《吹剑录外集》）。这些请求多半达到了目的，而汤思退且因此惊悸以死。凡此事件，今之学生听来，怕也要为之神往吧？

不过学生干涉政治，仅仅止于聚众上书请愿，没有更进一步的组织，还是无补于实际。所以南宋太学生运动无论怎样热烈，终于也不能挽救宋朝的灭亡，便是这个道理。

假使说要从这段历史中找得一个教训，那么这便是教训之一了。

1945 年 1 月 18 日

明代言路

朱元璋以牧儿而有天下，为了巩固自己的统治，乃尽量扩张君主专制威权，实是较之任何一代都要来得利害的。这就是鲁迅先生所说的，奴才爬上了主子的地位，其统治奴隶较之主子还要利害的道理。

也许是一种反拨作用吧，越是政治上专制得利害，开明的士大夫们对专制的非法措施及其周围的恶势力，也就越发攻击得利害。无论设下怎样严酷的刑罚，像廷杖，长期系狱等等，这些人还是守正不阿，冒死不顾，如："刘瑾乱政，御史蒋钦疏劾之，廷杖三十。再劾，又杖三十。越三日，又草疏灯下，闻鬼声，钦知是先灵劝阻，奋笔曰：'业已委身，不得复顾死；即死，此疏不可易也！'遂上之，又杖三十而死。许天锡欲劾瑾，知必得祸，乃以尸谏，夜击登闻鼓缢死，而以疏预嘱家人于身后上之。"（赵翼《廿二史劄记·明言路习气先后不同》）这种力争朝廷得失，至死不悔的精神，到后来便养成一种如《明史·沈束传·赞》所称"主威愈震，而士气不衰"的风气，而终于清浊两种势力尖锐地对立起来，形成了党派的斗争，直至明亡而后止。

关于这种风气和斗争，后来论史者有两种不同的意见。一则加以贬词，一如近人王桐龄《中国史》第三编第七章：

明代士大夫好以意气用事，对于君主及宰相之举动，督责太严，丝毫不相假借。朝廷有大事，不能酌理准情，婉言规劝。动辄呼朋引类，明目张胆，喧呼聒噪以争之。彰君之失，明己之直；使君主老羞成怒，无转圜余地；图博一己之名，而于国事毫无裨益。……甚候，狭义之程朱道学养成之八股先生，不足与语通权达变也。

一则加以褒奖，如赵翼《廿二史劄记》：

诸臣虽不免过激，而出死力以争朝廷之得失，究不可及也。

这两种意见周谷城在《中国通史》都采录了，虽没有批评是非，但却有一点解释，他说贬之者着重在手段，褒之者着重在精神。这意见是很明显的，精神是根本，手段不过是方法，批评一件事，抛开根本，强调方法，这无论如何是不公允的。

真实呢，细绎王氏贬词，简直令人怀疑他还并不是着重在手段，而是替统治者说话了。（也许是受了御用史家观点之毒过深的缘故，而非有意的）比如说，"彰君之失，明己之直"，"图博一己之名"这一类话哪里是指手段而言，简直是连这些事的基本精神都一概给否定掉了，那还有什么可说的呢！

就是退一步说吧，着重在手段，我们觉得这些事在手段方面，也并没有什么值得特别非议的，恶浊势力包围了昏庸君主，任便怎样的"婉言规劝"，也是白费。除了毫不容情地予以激烈打击而外，便只有苟合取容，婾婴随俗，在这中间是找不出第三条路来的。

如果一定要找，当然也有，那便是既不与之作口舌之争，又不与之苟合，干脆联合起来把这个昏庸专制的统治推翻！然而这又不能以之责明代的士大夫了。

所以明代士大夫这点大无畏精神的传统还是值得宝贵的。

1945 年 1 月 19 日

"作家做官"

报载文协联谊会上有人主张作家做官，引起一场激烈的辩论。当然，反对的是居多数了。

这问题看似简单，其实倒是值得研究的。

所谓"官"，应该有两种解释，一种是我们目中的官，那就是在衙门里抓关防、批公文的那些人，另一种是老百姓目中的官，那范围可就比上面那种要广泛得多了，凡是不属于老百姓他们那一层的人，他们全把他当"官"待。

举个例来说，我曾经在一个僻远乡间学校教过书，教书，穷教员而已，在我们目中，算得什么，可是那群泥糊腿老百姓却大大不然，对我敬礼备至，其程度较之对他们的乡镇长有过之无不及，原来教员在他们心目中也是属于"官"这一类的。

我并非作家，但我知道作家差不多有三分之二以上都当过教员，这样说来，不必主张作家做官，作家早已在老百姓心目中做了官了。

因此反对作家做我们目中的官是容易的，只要不在衙门里做事，不抓关防，不批公文就行。而且这似乎也并不需要怎么特别集中火力来反对，因为大多数作家也都不屑于干这一套，愿意干这一套的"作家"，任便你怎样反对，他也还是要干。

但要反对作家做老百姓目中的官，那可就难了。因为大多数作家在老百姓面前，有时有意、有时无意地以"官"的姿态出现，摆出了"官"的架子。这种姿态、架子倒不一定是两眼朝天，或是骂一两声"王八蛋"的官骂，而是他们总觉得和老百姓有些地方格格不入，总觉得自己比老百姓要高出一些。他们也爱老百姓，爱他们淳朴、天真、老实，但这爱却是高高在上的。他们也同情老百姓，同情他们所受的苦难和灾害，但这同情却是站在一旁的。当然，老百姓还有许多地方，他们有时候又是不爱不同情的。于是尽管作家下了乡，拍着老农人肩头喊一声"老伯"，或是拉着年轻庄稼汉的手喊一声"大哥"，这些老农人、庄稼汉于"受宠若惊"之余，仍然还是把你当"官"待。这样你纵使是这么闲暇逢到一个老百姓你就声明你不是官，说得舌敝唇焦，老百姓还是一百二十四个不相信。

作家在老百姓心目中就这样成了"官"。

而作家做这样的"官"，却是十分危险的，若不设法"辞"去这"官"，他的创作必然会离开最大多数的老百姓，而永远不会找出一个光明的前途。

只是"辞"这个"官"却不像辞我们目中的官那样简单，一纸辞呈，卷起铺盖就完事。他必须从自己的思想、感情、心理各方面去改造自己，和自己作斗争，当然这还必须下很大的决心，准备忍受无数的苦痛和折磨，才能慢慢地炼成爱老百姓所爱、恨老百姓所恨的。而这爱和恨，又完全出于自然，发于本心，毫无勉强，毫无做作。终于和老百姓呼吸相关，悲喜一致，如水乳交融，混成一体。这样你就是老百姓中的一员，不能离开老百姓而生活了。等你这么自然而然地成为老百姓，老百姓也就自然而然不会把你当"官"待，于是你这个"官"就才算是正式"辞"

掉了。

　　"作家做官"，假如这么来讨论，倒是值得仔细研究一番的。我愿意因这篇短文引出许多宝贵的意见来。

1945 年 3 月 5 日

闲话图检

——为《华西晚报》四周年纪念作

目前我国的图书检查制度，其完备周密，实在令人叹为观止。它汇集了古今中外图书检查制度的大成，真的是前无古人，而假如我们推测不错的话，将来世界必然是属于民主，那么更是后无来者了。

先溯其源，那么就从中国古代说起。中国古代虽然没有特定一个图书检查制度，但检查的事实却是存在的；清朝一代，更为严厉。其办法有三：一是全部的禁止，二是部分的删削，三是字句的挖改。第一、二两项是公开堂皇地做，如雍乾两朝的文字狱的记载，以及流传的销毁、抽毁书目，便是证明。第三项却是偷偷摸摸地干了，如南宋、晚明人著作中的"胡虏"等字都被改成"北兵"便是。

这三项遗产，现在都完完全全被保存下来了；也许表面看来，略有出入，但那只是改进，是在力求完密，并非存心放松。

但是社会进展，时代不同，今日中国的一切情形，已经完全不同于古代，纵使大人先生们怎样在提倡诵读《大学》《中庸》，而图书检查制度却又不能不模仿外国了。

也许还是"中学为体，西学为用"的精神在捣鬼吧，这回模仿外国却是着重在技术方面。现在且叙述一则十九世纪波兰的检查技术来比一比。

丹麦文学批评家勃兰兑斯博士往波兰去，带了一些法文书籍，入境时被该管官厅拿去检查，后来领回一看，有许多地方都被用墨涂成一团漆黑了。据说这还是算好的，因为背面的一面还可以看；有些是用剪刀来剪，把背面不违碍的话也附带剪了去。

这一则故事大概是载在勃氏《波兰印象记》里面的，但我手头没有这书，此处是从周作人《谈龙集》的一篇《违碍字样》短文中转录来的。事情必不会有假，那么等因据此，我国今日图书检查的技术似乎又带有一点十九世纪的波兰气味了。

至于今日我们被检后的书籍，其中往往以"……"或"×××"代替被删去的文字，其旁或仍有标点符号，那又是从日本学来的。这虽然不属于检查官的技术，而是被检查者可怜的抗争，但要归类的话，总还要归入"图书检查"这一范围。这样说来，我国今日的图书检查似乎又和日本有点渊源关系。

我国今日的图书检查制度是怎样地汇集了古今中外之大成，大体上已经在上面画出了一个轮廓。我很希望能有人来编一部《中国图书检查史》，关于这方面的历史传统，外来影响，方法技术都可包括在内；并且希望赶快编，因为现在正是这些材料最丰富的时候，耳闻目见，随处都是，写起来自然觉得更加亲切；如若日子一久，时代变更，那时再来着手，就难免有文献不足之苦，而且环境不同，兴趣也就不会像现在这么大了。

1945 年 4 月 20 日

赤子之心

孟子说："大人者，不失其赤子之心者。"王国维《人间词话》又说："词人者，不失其赤子之心者也。"照他们两位的话看来，无论你要做什么人，"大人"也好，"文人"也好，"剧人"也好，只要还愿意堂堂正正地做个人，那么就要"不失其赤子之心"。

这所谓"赤子之心"，简单一点解释，就是一颗纯洁的天真无邪的心，爱憎由自己作主，要哭就哭，要笑就笑，丝毫不受外来力量的牵制，一切纯任自然的意思。

这样漫无限制的天真，爱憎没有一个真理的根据，是否正确，当然还是一个值得研究的问题，不过"赤子之心"，真诚无伪，威不能胁，利不能诱，凡世间一切人为的诱惑恐怖都不足以动摇它，若单就这几点来看，这"赤子之心"还是值得发扬的。

如今有好多世人，爱憎并不是由自己作主，凭了良心，许多好事他们也觉得是对的，许多坏事，他们也并不是由衷的赞成，只是迫于威胁，眩于利诱，或想做官，或想发财，于是就不能也不敢说出自己的意见，相反的，倒反而违背自己的意见去说。例如某些弄历史的人，他们又何尝不知道中国过去政治是君主专制，但他们却偏要说中国早已民主。民主，他们又何尝不知道是好事，但他们却偏要说主张民主的人是"修脚匠"，诸如此类，都是丧失了"赤子之心"的缘故。医治之道，便是要他们收回这个"赤子之心"。清晨午夜，屏息沉思，也许可以豁然大悟，深以自己变成传声筒之可耻而痛改前非，则对于医者和被医者，都是一件乐事。

不过这种医治，怕也只能限于那些受病不深的人。因为人类多半有一种错觉，老觉得自己有病，往往会真的病了起来，同样的，老说一些违心之论，久而久之，也就视为当然，再久一点，习染而不自觉，也就深信不疑了。

这类人只能让时代的进展来清算他们，要想劝他们去收回"赤子之心"，怕是件徒然的事了。

1945 年 5 月 11 日

谈"匪"

所谓"土匪"，实际上就是"官逼民反"的民。民反既是由于官逼，那么谈到责任问题，自然十之八九还是要由官来负，这是极其显而易见的道理。

这种显而易见的道理，古往今来的官僚们当然不会不知道，但是却谁也不肯说。只有较好而聪明一点的官僚，那就是史书上所称的"循吏"，稍微透露一点这消息。但透露的方法却又是非常巧妙的，比如说他的治下老百姓被逼反了，他并不去责备这些反民，倒反而来自己引咎，说是自己教化不周，以致老百姓行动出轨，都是自己的过错。这样一来，虽没有明白指出这些反民的罪，但反民的罪却倒更加重了。理由很简单，统治者们更可以义正词严地斥责了："你们有这样好官，你们还要造反！"

这话倒也并不是把历史上的"循吏"一笔抹煞，因为即使是个悲天悯人的好官，激于天良，说出这话，但在当时专制制度之下，这话还是可以被统治者利用的。

这些道理历来修史的史官们自然更是明白，所以对于这些反民的造反事实，规模较小的便往往略去不记，一面是粉饰太平，一面也是为"官逼"隐讳，至于规模较大的，有关国家衰亡不得不记时，那也只是夸张叙述这些反民的"逆迹"，对逼民反的官，却仍是饶恕过去，我们几乎从来没有看到有个什么官因"逼民反"的罪名而赐死，倒是看到许多被逼反的人民，抓一个杀一个，抓两个杀一双，或是急起来竟不分青红皂白地杀将过去，从没有听说有一个漏网的。

这些史实说明了一个真理，就是在统治者心目中是只许我逼，不许你反，我逼是应该，你反就要杀，这其间是没有什么道理可讲的，所以韩退之代周文王做的"臣罪当诛兮，天王圣明"两句歌，传诵千古，认为是至理名言，便是这个道理。

时代更易，政体不同，我们对历史上这些被逼反的人民，也就是所谓"匪"，是早应该另有一个公平真实的看法了，然而奇怪得很，今天的一些历史学家们不但不去求真求是，却反而将过去统治者的理论多方发挥，对这些被逼反的人民喋喋不休，比如说对李自成、张献忠，今天还有人和清朝帝王一鼻孔出气地骂他们是叛逆，只有一个太平天国算是被盖上"革命"的美名，但剿灭太平天国、效忠清朝的奴才曾国藩，却又无条件地要人们去崇拜模仿。我想假如不是中山先生在三民主义中称赞过太平军，恐怕今天还是要被人称为"发逆""发匪"的。

这种"只许我逼，不许你反"的极端专制的统治者心理，发展下去，是十分可怕的，如果人民反到统治者已经无法统治时，他们是不惜引外族甚至自己的敌人来帮忙镇压的，唐僖宗用沙陀部族讨伐黄巢，吴三桂引清兵入关剿灭李自成，曾国藩借英将戈登之力灭亡了太平天国，都是如此，而沙陀、清兵、大英帝国在那时又都确是唐代、明室、清朝的敌人。这手法到清朝末年便集其精英凝成两句有名的话——"宁赠友邦，勿与家奴！"

只是时代不断前进，过去的手法到今天绝不能再应用，唐僖宗、吴三桂、曾国藩虽然以此成功，而临到清朝末年用这手法时，就已经不能再奏效了，辛亥革命告成，它不还是给了"家奴"么？

我想假如还希望中国有点前途的话，这心理是到了连根铲尽的时候了。

1945 年 11 月 2 日

"胜利财"的史例

　　曾国藩的弟弟曾国荃在攻下太平军的最后堡垒南京城之后，是发了很大的一笔胜利财的。洪秀全宫中十多年来的蓄积，太平军将领们的私藏，甚至老百姓的财产，差不多全搜刮一空，装入了他的私囊。

　　关于这件事，当时人是很少有记载的，这原因是曾氏弟兄灭平太平天国，挽回了清朝政府的垂死命运，功勋盖世，炙手可热，人们慑于权势，不敢记载。同时曾国藩又以古文大家的资格，号召文学，一时文人学士，大半都出在他的门下，顾念私人恩谊，也不愿记载。而近数十年来，由于种种政治关系，曾国藩又被当局塑成一尊偶像，尽量地在推崇鼓吹，于是他老弟的这宗劣迹，自然更无人提及了。

　　在当时，自然也有一两个不畏权势、敢于直书的人，但也就遭受到诬蔑。比如说王闿运就隐隐约约提到一下，他的《湘军志》记金陵克复后湘军遣散事一节中，有这样几句："国荃自悲艰苦，负时谤。诸宿将如多隆阿、杨岳斌、彭玉麟、鲍超等皆告去，人辄疑与国荃不和，且言江宁镪货尽入军中。左宗棠、沈葆桢等上奏，多镌讥江南军。"可是书出后的结果，曾国荃竟要设法予以查禁，购毁他的书板。

　　但是想一手掩尽天下人的耳目，自然是办不到的。在当时的将领中，或因眼看这笔大财被曾国荃一人独吞，而眼红嫉妒；或因稍存正义，实在看不下去，而出来指摘，一定是不少的。王氏所谓"负时谤"，怕也有一部分就是指此而言。十目所视，十手所指，曾国荃自己自然也不免有点心虚，所以金陵克复后不久，他就请疾归里，闭门谢客。这原因何在，是不难想像得之的。

其实呢，一切事若要人不知，除非己莫为，自己已经做了的事，又要躲躲藏藏，一个不小心，还是要露马脚的。曾国藩自己对这事就曾透出一点线索来。同治三年十月他曾复彭玉麟一封信，其中有这样的一段话：

> 阁下于十一年冬间及此次皆劝鄙人大义灭亲。舍弟并无管蔡叛逆之迹，不知何以应诛？不知舍弟何处开罪阁下？憾之若是？（《曾文正公全集》）

这个"舍弟"就是国荃。彭玉麟在当时的将帅中算是比较戆直的，他一再劝国藩"大义灭亲"，要杀国荃，这绝不能够仅是为了私怨。而这一次劝国藩，又恰是在金陵克复后，国荃"负时谤"已经"引疾归里"的时候，彭氏还放他不过，这中间的线索是不难一按即得的。只是彭氏也实在未免傻了一点，曾国荃打下了南京满载而归，他哥哥还能一指不染么？所以这请求自然是不会有结果的。

只是我们今天对这事，倘抛开其他问题，就事论事，那么南京究竟是曾国荃打下的，如若和那些借着别人替自己打来的胜利，而跑去搜刮自肥的家伙比较一下，恐怕曾国荃又是羞与为伍的了。

1945 年 11 月 25 日

谈贪污

清代的候补老爷们，在候补时候，往往穷得真像颜回似的"陋巷瓢饮"，甚至连裤子都只有一条，然而他们却宁愿咬紧牙关熬这苦难。这倒并不是"自甘淡泊"，而是他们只要能"候"到"补"上一个实缺，只消两三年，就不但可以还清宿债，而且下半生的生活享受以及子女衣食都有了着落。

这样例子是很多的，大概是《官场现形记》里面吧，就有这么一则故事：一个船妓告诉别人，说有一位候补县放了实缺，搭她的船上任，行李萧条，穷酸扑鼻，太太连首饰没有得带，一个族弟，一个妻舅，更是鹑衣百结，不成人形。可是三年任满，再雇她的船回家的时候，老爷固是肥马轻裘，太太更是珠围翠绕，箱笼几百件，仆奴十余人。那位族弟和妻舅也成了面团团的富家翁了。这船妓不明白，为什么县太爷的俸给并不多，而竟能发上这样大财。

"千里为官只为钱"，这是最愚的"愚民"都知道的一句话，船妓当然不会不明白，只是故作痴呆地问问，讽刺一下罢了。既"为钱"，而钱又不会从天上掉下，地下冒上，那么只有榨刮贪污，在那时从县太爷一直到督抚宰相都已经是相习成风，成为公开的事件了。

清代距今较近，因此我们知道得也较清楚，但如若留心一下历史，则贪污现象，实是无代无之，贪污似乎和中国官吏结下了生死不解之缘。因此有心之士就不胜慨叹中国人劣根性太深，而深深地自惭形秽。

自惭形秽自然是很好的，但若以为这"秽"是天生如此，是劣根性，改不了，那就任便你怎么"自惭"，其结果不过是止于"自惭"而已，贪污还是永远存在。

这不是个人问题，而是封建社会官僚政治的必然现象。因为官僚政治是为封建的旧家族制度，以及由这家族制度而形成的封建道德观念所支持，而这二者正是教人贪污，甚至鼓励人贪污的。

所谓封建的旧家族制度是以这一家人，一族人，以及其亲戚的共存共荣为目的的。这家族的成员有一个一旦做事发达，就必要办到"一人得道，鸡犬升天"。所以县太爷上任，必须挈带族弟、妻舅同行，而罢官归来，族弟、妻舅也必须要囊橐饱满，才不负其挈带之意。这样，贪污之于官吏，自然结上不解之缘了。而衣锦还乡，以钱帛周济亲族，散布邻近，又为封建道德所赞美，区区一官，要想担起这个任务，不贪污，实在没有第二条路。所以纵使封建道德如何高呼廉洁自守，骨子里却是鼓励贪污的，也许就是因为贪污太多，所以才高呼廉洁。

而这旧家族制度正是封建官僚政治的基础，"家齐而后国治，国治而后天下平。"两句话就足够说明了这一切。所谓"齐家"就是"齐"这种家族制度的。家就是国的缩小，所以"国"叫做"国家"，天子可以"家天下"。忠孝是一事，"先王以孝治天下"，"求忠臣必于孝子之门"，而"君父"总是连在一块儿说的。

所以要消灭贪污，必须消灭官僚政治，消灭官僚政治，必须消灭旧家族制度，以及由这种制度所形成的种种道德观念，否则贪污现象永远不会消灭。纵使怎样检举惩罚，最高限度也不过是化"公开"为"秘密"而已。历史上惩罚贪污而贪污仍然存在的例子是不胜枚举的。

以上不过是追本探源的说法，并非不主张惩治贪污，在政治不民主之前，惩治究竟比不惩治还是要好些。即或这惩治不过是表面做给别人看看，但究竟还承认了贪污是一件可耻的事。

1947 年 4 月 23 日

多余的官

在历史上，冗官之多，宋代怕要算是第一了，它往往可以比正官多到一倍以上，这么多多余的官，不能不说是一件骇人听闻的事。

怎样会多余起来呢？原因自然是很复杂的。但主要的一点就是由于土地集中于地主之手，在宋代已为极普遍的现象，封建地主阶级显然成为社会的支柱，统治者为了巩固自己的政权，不得不拉拢他们，予以官职，而他们自己呢，要维护及扩充自己的土地，也不能不设法拼命向政府里挤。这样便造成了官僚过剩的局面，而有所谓冗员了。

在这两个原因之中，"挤"，还是次要的，主要还是政府拉拢。这拉拢最明显的便是"荫补"一项。

所谓"荫补"，便是无条件地补官，在其他朝代只及于子孙，而且也有一定的规例。但宋代却不然，竟可"荫补"到子孙以外的族属、亲戚，甚至门客和家里的用人，真是"一人得道，鸡犬升天"了！

据赵翼《廿二史劄记》载："文臣自太师及开府仪同三司可荫子若孙，及期亲、大功以下亲，并异姓亲，及门客……凡遇南郊及圣诞，俱有荫补。宰相执政，荫本宗，异姓，及门客，医人各一人。"实际的例子像："曹彬卒，官其亲族门客亲校（这亲校便是马弁卫士之类）二十余人。李继隆卒，官其子，又录其门下二十余人。……王旦卒，录其子、弟、侄、外孙、门客，常从授官者数十人。诸子服除，又各进一官。向敏中卒，子婿并迁官，又官亲校数人。王钦若卒，录其亲属，及所亲信二十余人。"

同时，荫补又丝毫没有规例，比如："天圣中，诏五代时三品以上告身存者，子孙听用荫；则并及于前代矣。明道中，录故宰臣及员外郎以上致仕者子孙，授官有差，则并及于故臣矣。"甚至新天子即位，监司郡守，遣亲属入贺，亦得授官。（均见《廿二史劄记》）

政府既然这样拉拢，而被拉拢进了政府的人，一朝得势，握有大权，就更要拉拢这些地主，予以官职，作为自己的群众，或至少使其不与自己为难。例如洪迈《容斋四笔》记蔡京便是：

> 蔡京三入相时，除用士大夫，视官职如粪土，盖欲以天爵市私恩。政和六年十月，不因赦令，侍从以上先缘左降，同日迁职者二十人。

既是自己拉来作群众的，自然要多方袒护，纵有过失，也不黜免，"官官相护"，也是古已有之的。这点洪迈也曾说道："宰相欲收士誉，使恩归己，故只以除用为意；而不任职及显有过举者，亦不肯任怨，稍行黜徙。"

一面不肯黜免，一面又在拼命地拉，同时另一方面又在拼命地挤，这样，官自然日渐多余起来。于是其中就笑话百出了，有的做了官不问事，有的甚至居其官还不知自己职责所在。如《宋史·职官志二》所言：

中书令、侍中、尚书令不预朝政，侍郎、给事不领省职，谏议无言责，起居不记注；中书常阙舍人，门下罕除常侍，司谏、正言非特旨供职亦不任谏诤。至于仆射、尚书、丞、郎、员外，居其官不知其职者，十常八九。

这种"居其官不知其职"的多余的官，在真宗咸平四年，便有人请减天下冗吏十九万五千余人，请减的既这么多，没有请减的当更可想。真宗时既有这么多，那么真宗以后，又更可想！

这种冗吏之多的结果：一方面是使得政治日趋混沌腐烂，另一方面官俸日多，加重人民负担，动摇了国家根本。北宋被金人灭亡，这未始不是主要的原因之一。

只是封建地主势力日大，加以积重难返，如若没有极大的勇气和决心，这现象自然也难以消灭。所以南渡之后，冗员不但没有减少，反而因为幅员缩小的缘故，更较北宋增多起来。如洪迈《容斋四笔》所记某朝臣奏对，历举冗官之数，结论是："冗倍于国朝全盛之际！"而深切慨叹："可不为之寒心哉！"

幅员小了一半，冗官却倒多了一倍，这个政府如何能够长久支持下去？真的像洪迈所言："病在膏肓，正使俞跗、扁鹊，持上池良药以救之，亦无及已！"

良医良药，尚且无及，何况既不觅医，又不求药呢？南宋终于是这样断送了自己的国命了。

1947 年 5 月 7 日

瓜棚随想

朱元璋因为自己幼年曾经削发为僧，后来做了皇帝，对"僧"字就特别忌讳，渐渐地连与"僧"同音的字也忌讳起来。有人上表歌颂他的功德，用了一句"天生圣哲"，因"生"与"僧"同音，竟遭杀头。这和有些人因为自己所作所为与古代的事有相似之处，于是连古事也蒙蔽起来，禁止别人谈论，颇有异曲同工之妙。

读中国选本诗文，令人觉得古代文人不是冲淡闲适地在栽菊花，就是正襟危坐地在谈心性。或不食人间烟火，或脱离实际人生。而古代文人是不是全这样呢，这只要翻一翻那文人的全集，便知道并不尽然，他们也是有爱有憎有血有泪的。只因这类文字，选家们例不选入，削去血泪爱憎的呼声，剩下的就是冲淡闲适与正襟危坐了，而浅学之士又奉选本为至宝，于是古代文人就变成一模一样。这是选家们设下的骗局圈套，喜欢弄弄古书的人，这点是要特别提防的。

有人说中国老百姓知识程度太低，要实行民主政治，须先提高老百姓的知识。这话乍一听了，似乎也很有理。其实，骨子里是有意阻碍民主政治的。因为政治不民主，无论怎样推进强迫国民教育，老百姓的知识永远也不会提高；这，自中华民国成立以来，社教的成绩便是明证。道理很简单，因为不民主的政治，是建立在愚民政策上的，是欺骗老百姓的。若是政治真的民主了，一切都是为着老百姓，以老百姓的喜怒哀乐为喜怒哀乐，使老百姓敢说敢笑，敢骂敢怒，和老百姓生活在一起，老百姓自然关心这政治，拥护这政治，因为这政治是他们的。这样不提高老百姓的知识，老百姓的知识也自然会提高了。"未有学养子而后嫁者也。主张先提高老百姓知识、然后实行民主者其斯之谓欤！"

《韩非子·五蠹》篇有这么几句话："今有构木钻燧于夏后氏之世者，必为鲧、禹笑矣；有决渎于殷、周之世者，必为汤、武笑矣；然则今有美尧、舜、鲧、禹、汤、武之道于当今之世者，必为新圣笑矣。"《韩非子》是一部常见的书，《五蠹》篇更是其中有名的一篇，今之提倡读古书，主张练汉字，维持礼教风化，高谈封建道德的大人先生们大概都看过的。请再仔细玩味一番吧，说不定会掩卷而脸红的，因为底下一段就是有名的守株待兔的比喻，那正是用以讽刺反动复古者的无知和愚蠢。

老子说："民不畏死，奈何以死惧之！"这当然还是替统治者谋划的，但历代的统治帝王如若真能明白这两句话的精义，而且实行了，也可以少杀许多无辜的人，至少也可以少逮捕一些无辜的人。

"狗彘食人食，而不知检，涂有饿莩，而不知发。此率兽而食人也，恶在其为民父母也。"这是孟子时候的社会情形，孟子如实地给指摘出来了。"朱门酒肉臭，路有冻死骨。"这是杜甫时候的社会情形，杜甫也如实地给指摘出来了。孟子是古文家的祖宗，杜甫是旧诗人的圭臬，可是我们在目前的古文家和旧诗人的作品中，却找不出这类指摘社会腐恶的词句，上焉者范水模山，下焉者就索性歌功颂德，露出一付油滑的帮闲面孔来了。

管子是主张法治的，虽然他那个"法"，仅由君主一人所造成，并非出自人民公意，实无足取，但他主张成"法"之后，就应该上下共守却是好的。《明法解》篇说："吏之所使者，有法则民从之，无法则止。"这意思就是说：人民应该守法，政府也应该守法，政府如若违法，人民可以不服从。倘订出法来，等于具文，若是只强迫人民遵守，自己却逍遥法外，是会被几千年前的管子所笑的。

1947 年 8 月 18 日

抗议！抗议！抗议！

本盟中央执行委员李公朴先生于昨（11日）晚10时在昆明被暴徒狙击逝世。

我们得到这个消息之后，悲愤填膺，欲哭无泪。

我们想不到今天世界上还存在着这样卑鄙无耻充满兽性的行为！

我们想不到今天世界上还存在有主持这样卑鄙无耻充满兽性的行为的人！

我们怀疑目前政府究竟还要不要中国像个国家！

我们怀疑目前政府究竟还有没有法纪！

公朴先生的噩耗，由于电文简略，详细情况尚不得而知，只说是"暴徒狙击"。

"暴徒"，这是什么一种"暴徒"？哪里来的这批"暴徒"？

由这"暴徒"，我们沉痛地联想起了沧白堂掷石块的"暴徒"，在教场口殴辱庆祝政协成功的人们的"暴徒"（公朴先生是这次受伤最重的一个），在本市新华日报馆殴伤该报职员的"暴徒"，在西安暗杀本盟盟员李敷仁、王任两先生的"暴徒"，在下关打伤上海人民代表和记者们的"暴徒"，还有在成都，在北平，在广州，在一切地方捣毁报馆，殴打人民的"暴徒"。

这些"暴徒"是一脉相承的，是一气相通的；这些"暴徒"

是被人有计划的豢养着专门和民主人士作对的，专门破坏民主、团结、和平的！

这些"暴徒"是被人有计划的指使着，一步进一步的由掷石块而殴打，而打进机关，而追踪袭击，而暗杀，而一再的暗杀！

"暗杀"，是多么卑鄙无耻的两个字！

"暗杀"，是只有专制独夫像袁世凯以及其余孽北洋军阀才干得出来的事，他们想用"暗杀"来造成恐怖，来镇压人民，来维持统治。

然而，今天，我们国家内竟接二连三地出现了对民主人士的"暗杀"！

我们，中国民主同盟对公朴先生之为争取民主而遭遇到被人指使的"暴徒"的暗杀，实在悲痛万分，愤怒万分。我们感到人类的语言已经不够用以表示我们这种心情，因为这种卑鄙无耻的"暗杀"行为，本身就全部充满了兽性，已经不是人类所能干得出来的事！

现在，我们勉强抑住这悲痛和愤怒的心情，向政府严重地提出如下的抗议——

第一，必须把行凶的"暴徒"全部拿获。

更重要的是第二，必须追查出指使"暴徒"的究竟是谁。

先把这两点办到，然后再说其他。

我们中国民主同盟坚持这一抗议到底。

我们更呼吁全中国全世界拥护民主的人士共同一致来声援这一抗议，坚持这一抗议！

原载重庆《民主报》1946 年 7 月 13 日社论

杀的教育

中国学生也实在太可怜了！

在国民党一党专政的教育制度之下，从课程到生活一切都是党化团化，思想没有自由，言论没有自由，研究学术也没有自由。

说一两句不满现实的话吧，好，一顶红帽子就安安稳稳地加在头上；看一两部不是"部定"或"钦定"的书籍杂志吧，好，名字就一笔一画地写上了黑名单。接着威胁恐怖就纷至沓来，非要把你逼到不敢大声出气或是悄悄走开不止。重则的话，结果一定是落得个"自行失踪"。

现在，好像用这些方法还嫌不够了，竟然明目张胆，率领军队，包围学校，大规模地屠杀学生起来了。

这几天报上便登载有好几起这类的事：

一是甘肃庆阳西峰镇西峰师范于上月16日上午举行毕业典礼，在操场演戏，当地驻军二十八师八十三团官兵等因细故与学生发生冲突，该军官还带来士兵一百余人包围学校，另有一百便衣士兵混进学校，用步枪刺刀向学生乱打，当场受伤四十余人，教导主任及十数学生伤势甚重，并有四五学生失踪，至今不知下落。

另一件事发生在陕西蓝田县，该县立初级中学学生因观剧与警察发生口角，警察竟开枪三四十发，并追击逃散之观众，结果民众受伤不计其数，其中同学重伤者八名，轻伤者二十九名，尚有一名被刺伤，数名被逮捕。

还有一件更为骇人听闻的，这就是上月 25 日发生的徐州中学大血案。该地城防司令一方姓连长无理侮辱该校学生之后，"旋率其美国训练和装备的"全体官兵包围学校，在校门口架上三挺机关枪，扫射达二十余分钟之久，该校教务主任身中七弹而亡，学生被击死者十一名，重伤者三十余名。

这一连串事实，简直叫人听了不敢相信人世间竟有这种比野兽还不如的行为，这种行为就是在袁世凯和北洋军阀时代也不敢接二连三演出的，但是而今却在一个月之内接连演出三次！

政府当局口口声声说"法纪"，口口声声说"军纪"，政府当局的"法纪"和"军纪"就是这样的么？

政府当局口口声声说"爱护青年"，口口声声说"培植青年"，口口声声说"青年是国家主人公"，对"国家主人公"就是这样在"爱护"，这样在"培植"的么？

现在打风和杀风早已把中国这个国家闹得不成其为国家了，从教场口事件以来，北至北平，南迄广州，东抵闽海，西达长安，全被这一片打杀风所淹没。自本盟盟员李敷仁、王任两先生被暗杀谋害，以及本盟中委李公朴先生在昆明被"暴徒"刺死以后，杀风又有弥漫全国之势，然而却千想不到万想不到竟屠杀到天真纯洁的中学生头上来！

只要我们还有人心，还是个"人"，对这种惨绝人寰，不如野兽的行为，再也不能不提出抗议了。我们不能眼看着整批的天真无邪的中学生被一些野兽殴打虐杀，我们不能眼看着这些新中国的幼芽被野兽摧残！

　　杀人者死，律有明文，我们向政府抗议，要彻查惩凶，谁无弟妹，谁无子女，我们向政府抗议，要从优抚恤，恶不可长，亡羊补牢，我们向政府抗议，要保证不再有同类事件发生！最后我们还要向全中国全世界呼吁，救救中国的青年，救救中国的孩子！

　　　　　　　　　原载重庆《民主报》1946 年 7 月 17 日社论

血 债！

本盟中委李公朴先生被刺逝世不过四天，在同一地点昆明市，本盟中委闻一多先生又被刺逝世，闻公子立鹤也同时遇难。

我们得到这个噩耗，怒火中烧，欲哭无泪，用人类一切的语言文字，都不能表达我们的悲愤于万一，直到此刻，我们的情绪仍在奔腾澎湃，不断增高，只得勉强地压抑下来，写成这篇文字。

首先，我们要郑重地向全世界的民主人士指出，这是一个有计划有布置的政治阴谋，在李公朴先生被刺之前，昆明就散布出许多恐怖的谣言，接着李公朴先生就果然被刺，被刺后不过四天，闻先生又被刺殒命了，前后线索，清楚分明，这还不是有计划的是什么？这还不是有布置的是什么？

这是多么卑鄙无耻的手段！

这是多么穷凶极恶的罪行！

这手段，这罪行，较之历史上任何专制独夫如嬴政、朱元璋、袁世凯以及北洋军阀的统治时都有过之无不及！

现在，让我们勉抑愤怒和悲哀，来看一看闻先生是怎样的一个人：

闻先生是世界知名的诗人、学者，是现任西南联大的名教授。早年致力于新诗的创作和研究，曾为中国新诗坛奠下了稳固的基础，后来从事中国旧文学的研究整理，著有《楚辞校补》，创见极多，尤获学术界的推崇，近来校勘《全唐诗》，用力极勤，实为"前无古人"之作，他不仅是诗人，学者，而且更是一个伟大的教育家，前后在武汉大学、清华大学、西南联大执教二十几年，勤勤恳恳，诲人不倦。抗战期间，教授生活清苦已达极点，闻先生家累尤重，几乎断炊，但他仍然坚守岗位，教育青年。近年来因为国民党一党专政的政治实在腐败得太不像话了，基于一个诗人学者教育家的爱国家爱人民的热忱，常常发表一些政治意见，呼吁团结，民主，和平。像这样一个对创作、学术、教育、国家、人民都有极大贡献的人，在国内在国际都负有最高声誉的人，实在是国家的精英瑰宝，在一个国家里是找不出几个来的，只要这个国家还要点文化，对这样的人是应该如何地尊崇爱护，使其能够发挥更大的力量，对文化教育有更多的贡献。纵使我们国家不要文化，不要教育，不能办到这样，那么至少也应该能让他和一个普通老百姓一样，能够活下去。不料却万想不到连这样都办不到，一定要谋害他，枪杀他，不但杀他，而且还要杀他的儿子！

难道致力创作的人是该杀的么？

难道研究学术的人是该杀的么？

难道从事教育坚贞不移的人是该杀的么？

然而事实俱在，请看，目前中国政府就是这样在对付我们的诗人，我们的学者，我们的教授的——杀！杀！杀！而且还要"灭族"，杀他的儿子！

这是什么样一个政府，这是什么样一个国家！这是想用血腥制造恐怖统治的政府，这是一个充满血腥的国家。我们还可以预想到这只血腥的手，还要继李闻二先生之后，在各个地方，来屠杀更多的诗人、作家、学者、教授以及一切有良心有正义的民主人士，想用鲜血来封闭人民的嘴，不惜自绝于国人。

现在我们向政府提出严重抗议：第一，要彻查凶手及其主使者。第二，要云南省军政当局对这两件杀案负完全责任。当闻先生被刺后，云南省军政当局竟悬赏缉凶，这举动使我们十分怀疑，以堂堂一省军政当局竟连几个凶犯都抓不到，而要悬起赏来，这是稍有常识的人都不会相信而感到会是别有用心的。第三，更要保证以后不会有这类事件发生。先将这三点办到，其他的事以后再谈。

最后我们还要向全中国全世界的诗人、作家、学者、教授以及民主人士号召，中国的反动分子已经在屠杀我们的诗人学者教授了，中国的人民已经处在血腥的恐怖之中，我们要一致团结起来对反动分子的无耻罪行抗议到底。

原载重庆《民主报》1946 年 7 月 18 日社论

埋在活人心里

——献给李公朴、闻一多两同志追悼大会

　　陪都人士哀悼李公朴、闻一多两同志之丧，特于今天上午9时在青年馆举行追悼大会，我们勉抑哀思，在这里说几句心里的话：

　　首先，我们觉得这个追悼会的意义是特别重大的，我们曾经说过，李闻两同志之死，不仅是本盟的损失，也是全国人民的损失，对李闻两同志的被刺，不仅是本盟所悲愤，全国人民也和本盟一样的悲愤。现在从这追悼大会上，就证明了我们的话完全不错，从发起人到参加者，这里面就包括了各个阶层、各个团体、各个职业部门不同的人士。他们对李闻两同志之被暗杀，悲愤之情，郁结磅礴，都愿聚拢来同声一哭。这哭，除了表示悲痛之外，更是一种惊天地动鬼神的吼声！

　　其次，李闻两同志被刺逝世至今已经半个多月了，半月来不但主使者没有查出，就连被指使的凶犯也没有抓到。本盟向政府提出的质问和抗议更没有得到答复，前几天本盟总部建议由本盟、国民党及美方派代表调查，竟遭拒绝，凡此等等，都似乎在有意的拖宕迁延，使我们不能不怀疑到是否另作一种掩饰的布置。果真如此，那么不但本盟誓死反对，全国人民也是不能允许的。今天这个追悼大会也便是向以上这些措施的一种有力的抗议。

　　第三，李闻两同志之被暗杀，除了这案件本身的严重性而外，

它更明确地显示出在中国这个国度里，人权已经摧毁无余，人身自由已经成为纸上的一个名词。而直接下手摧残人权侵犯人身的便是特务机关。所以本盟的抗议书以及各界的抗议，都坚决要求即刻取消特务机关，切实保障人身自由。这是最基本最起码的一点，这点如办不到，那么李闻两同志的血案纵使清查出来，枪毙几个凶犯，以后血案还是可以照样发生，人身还是照样没有保障。今天我们追悼李闻两同志，我们必须更加坚持这一要求，不达目的，誓不罢休。为了安慰死者，为了保障生者，我们都必须这样去做。

最后，李闻两同志之牺牲，是为了争取团结、和平、民主，现在内战日益扩大，民主前途，荆棘丛生，我们更须发扬李闻两同志的精神，继起直追，前仆后继，制止内战，要求和平，更要坚持从速组织联合政府，解决国内军事政治上的一切纠纷。必须这样，生者才可以无愧。必须这样，死者才可以无恨。

这些，就是我们今天开李闻两同志追悼大会的意义，所谓"追悼会"，在我们看来，并不仅是倾吐哀思，主要的还是将死者的遗志更广泛更深入地发展开去，这个"会"便是这工作开始时向死者的宣誓。

中国有位哲人曾经说过这样一句话："倘死者不埋在活人心里，那便真正死了。"今天在这个追悼大会上，我们将看到千万副悲壮庄严的面孔，这些面孔真挚地告诉了我们，李闻两同志已埋在他们心里了！

安息吧！李公朴，闻一多——我们亲切地唤着你们的名字，你们是没有死的！

原载重庆《民主报》1946 年 7 月 28 日社论

教育二三事

本月 17 日本报社论《杀的教育》曾指出国民党一党专政下的教育，不是教育，而是屠杀，如徐州中学大血案，以及甘肃庆阳西峰师范、陕西蓝田县立初中学生之被军警无故枪击，都是证明。

前几天报载又发生了一件事：上海复旦大学于 17 日早晨突被大批军警包围搜查，当场捕去学生两人，既未声明拘捕原因，又没有通知学校当局，就这样糊里糊涂地逮捕了。

我们真不明白为什么政府当局这样专门和学生为难？专门和学生作对？口头上一片花言巧语，说是如何爱护青年，骨子里却是在摧残屠杀。

复旦大学这件事，不过是无数同类事件中的一件而已，但在此各校复员招生之际，却因此引起了我们对当前教育上的一些感想。

先就各校复员来说，一般情形，实在太不成话，"有办法的捷足先走了，留一部分无办法的在厄处穷，一筹莫展。最近长江忙于军运、粮运，教员学生实际都望江兴叹，搭不上船。索性不复员倒也罢了，这样'复'在中途半端，有的有学生而无先生，有的有先生而无学生，岂不恼人而可怜！"（24 日《大公报》社论）但这些还不过是表面情况，至于借着复员机会而施行鬼蜮伎俩的，那就更不成话了。

比如说有些学校当局就借着"复员"机会来实行排斥异己，学校中的一些不满现状的教员，喜欢谈谈民主的学生，平日学校当局早就看不上眼，而又多所顾忌不敢发作，现在就趁着"复员"的机会，一切都在动乱之中，解聘的解聘，开除的开除，甚而至于更毒辣的使这些人在复员半途中"失踪"。这一些事，我们已经时有所闻，这种行为，实在是太卑鄙无耻了。

其次，再看招生，中国这几年来，大学入学考试的情形，实在是每况愈下，官僚政治的作风深深地侵入到最高学府，泄露试题，"护航"代考，人情请托，已成司空见惯，有钱有势的金榜题名，无钱无势的就只瞎碰运气。更奇怪的是有些人竟可以得到学校当局默许，不必经过考试便到学校里来做正式学生，这些人都是特务分子，负有特务使命来到学校做侦察思想，调查异己的工作的。近年来全国所有的学校，几乎都有这种人物，把学校闹得乌烟瘴气，漆黑一团，坏学生就受其影响也跟着坏下去，好学生慑其威势，苦闷万千，于是学风日益败丧，学术自然更无从谈起。

以上不过只是就复员和招生两项而言，其他的一些腐败黑暗的情况，还不知有多少，举一反三，尝一脔而知鼎味，我们也就不难想像到目前中国教育已经陷入绝境，如果再不设法改革，必至整个破产而后已！

正本清源，挽救这危机，自然首先要从政治上着手，在不民主的政治下，在国民党一党专政的政府下，要想教育走上合理的道路，实在是一件不可能的事。但是站在一个教育家的立场，除从根本治疗争取民主政治实现而外，在可能范围内，还是应该尽量设法革除这些弊端，标本兼治，才是最妥善的办法。所以我们举出这二三事，以供当前还想上进的学校当局参考。

原载重庆《民主报》1946 年 7 月 30 日社论

事实胜于狡辩

本报资料室所辑"现代史萃"，从一月份到六月份的，已经刊出四次，虽然还没有完，但是这些事实，已足够使我们啼笑皆非，悲愤交集了。

现在暂就已经刊出的四期内容来看一看：

首先是打风弥漫全国，自一月至六月，共有二十七起之多，单是重庆，就有十一起。打人的不是军队就是警宪，最多的是特务。被打的除老百姓而外，还有学生、教员、政协代表、人民代表。规模大小不一，每次都有死伤，并且每次都没有什么下文。

其次是人身自由的被侵犯，这一项就更多了：一共有一百一十四起，重庆一地就占三十二起。这些人身自由的侵犯，有搜查、逮捕、拷打、暗杀和大的屠杀。最多的一次竟杀了二百多人，最残酷的有活埋，有割鼻子，有挖眼睛（均三四月间在南通发生的事）。而这些灭绝人性的行为，又几乎全是特务们干的。

再其次便是言论的封锁，这一项共有四十七起，包括查禁书报，捣报馆，打报差以及查封报纸等等。

第四是接收机关的抢劫，一共有二十二起，地区包括上海、北平、天津各大都市，一直到海南岛、台湾。这些"德政"，却大半是属于接收大员的了。

第五是贪污，这些贪污官员有处长、主任、舰长、团长、县长、区长、乡长以及三青团支团部的书记，这些案件一共有二十起。

此外还有纵容汉奸，伪造民意，摧残教育等等具体事实，原文俱在，这里就不一一备述了。

我们看了这些事实，心头仿佛沉重地压上一块大石头，悲愤沉痛的情绪之外，还有一种重甸甸地直往下沉的感觉，这种"沉"是"沉沦""沉没"——因为面对着这一事实，而不设法力图挽救，其结果的命运必然是"沉沦""沉没"，没有第二条路！

然而目前政府对这些事实却讳莫如深，甚至还特意地制造这些事实，可是却又躲躲闪闪，不承认是自己制造的，或嫁祸他人，或混淆黑白。表面上三令五申的要保障人民身体自由，要保障言论自由，要严惩贪污，要查办汉奸，假如有人揭穿这些骗局，还要指斥别人是造谣中伤，是故意诽谤政府。但是，现在呢，铁一样的事实，清清楚楚地摆在这里，该不能再抵赖了吧？

说到这里，记得曾经有人说过我们责备政府当局过于苛刻，说这话的人用意何在，我们不愿多作推测，所以我们也从不置辩，现在这些事实便是最好的答复。假如对国家民族还有一点点爱护之心，对政府这种措施，都会感到一种莫名的愤怒，何况我们民盟始终是站在人民立场，始终是维护人民利益，就这些事实而论，那么我们以前对政府的责备，是只有过于宽容，绝不会太苛刻的。"君子隐恶而扬善"，也得要有"善"可"扬"，才能"隐恶"，等到一无"善"处，光剩下了"恶"，那就必须指摘出来，使世人共知共晓，共谋改革。假如还要再"隐"的话，那就成为庇"恶"，君子更是不为的。

我们是不愿庇"恶"的，所以我们指摘出来。这些都是事实，政府如果要答辩，最有力的也还是要拿事实来，用自新的事实来洗清这卑鄙的事实，若是还要继续下去，那我们也只有继续揭露下去，这是我们的责任。

最后，我们还要声明一句，我们搜集的这些事实是并不完备的，因为我们只采用了本市的两家报纸，假如把全国报纸采用了的话，那就更不知有多少了。不过即使办到这样，也还是不能完备，因为以全国之广，报纸见闻所及，仍是有限。这样说来，本报"现代史萃"所披露的不过是千分之一，甚至万分之一而已，万分之一已令人翘舌不下，如果真正完全搜集起来，那真是一件令人不能想像的事了。

原载重庆《民主报》1946 年 8 月 8 日社论

痛话教师节

今天是教师节，一年一度，我们面临这个节日，都是感慨万端，而今年我们的感慨则更深。抗战胜利整整一年了，政府当局口口声声在喊"教育第一"，在喊"尊师重道"，但是我们看一看目前各级教师的生活遭遇，其困苦悲惨，说起来简直令人万分痛心。

所谓困苦悲惨，最显而易见的便是物质生活方面。

抗战八年（现统一称为"十四年抗战"），教育界中除了极少数的败类，大都是悲痛茹苦，坚守岗位，发扬文化，作育青年，虽然苦到衣履不周，三餐不继，仍然是咬紧牙根，勒紧裤带，从未说过一句怨言。但是回顾政府对待这批人呢，那就可以当得上"刻薄寡恩"四个字，按理说为了抗战吃苦是应该的，不过顶要紧的是要公平，抗战期间，一个银行工友薪金可以超过大学教授，至于贪官污吏那就更不必说了，过去的事原本不必再谈，但是现在呢，现在还是和过去一样，并且只有过之而无不及。

抗战胜利了，当胜利之日，全国各级教师谁都是欢欣鼓舞，谁都觉得自己的艰苦坚持，总算有了代价，从此以后，大家可以重返家园，整理旧业，或致力于学术研究，或从事社会教育，无不抱着满腔热望，给自己安排下一个美丽的远景。但是紧接着不到一个月，内战的炮火就把这热望打得粉碎。各校复员，除了极少数几个学校可以给教员设法交通工具而外，大多数都是发下复员费，由教员自己设法。交通这样困难，复员费又是这样微薄，复员费用光了，交通工具还是毫无头绪，弄得不上不下，归既不可，留也不能，这情况简直和当初逃难时毫无二致。但这还是国立学校教师情形，至于无数的私立学校和小学教师，政府毫不负责，其凄凉悲惨情况，更非笔墨所能形容。

但这些困苦悲惨，还不过是物质生活一方面而已，顶悲痛的还是教师们精神生活方面。

抗战以来，教师们的精神生活就牢牢地扣上了重重枷锁，思想无自由，言论无自由，讲学无自由，甚至研究也无自由。由于国民党一党专政的教育制度，所以校长大半都是国民党员，其中自然也不乏一二开明之士，但大多数都是不学无术之辈，平时只知排除异己，布置暗探，侦察窥伺，把学校里闹得疑神疑鬼。于是国文教员讲一两篇白话文，就可以说是"左"倾，历史教员谈一谈农民起义，就可以指为异党，而物理教员若主张原子弹共管，那就是亲苏分子了。于是轻则解聘，重则失踪，非要把教师们弄成视而不见，听而不闻，知而不说，变成瞎子、聋子、哑子而后已。

校内的压力如此，校外的政府特务更和校内勾结一致，于是层出不穷的惨案就发生了，教师的命运就更悲惨。远事不说，费巩教授失踪，到今天还没有下文，最近上海人民代表中几位教授在下关之被殴打，闻一多教授在昆明之被惨杀，潘光旦、费孝通等教授之逃命于美国领事馆。这些都还是全国知名的教授，至于中小学教师受到这同样遭遇的，那就更不知凡几了。

这镣铐枷锁，这暴行压力是较之物质生活的困苦更为可怕的，它迫使每一个教师去欺骗青年，蒙蔽青年，甚至残杀青年，只要稍有良心正义的人，不，只要还是个人，叫他去做这类事件，是会感到比受任何酷刑还要痛苦的——但是，如若不这样去做呢，死亡的恐怖就紧跟在后面而来了！

这就是目前各级教师物质和精神生活实际情形。天天在喊"教育第一""尊师重道"的政府当局就是这样对待各级教师的。

我们深信，国民党一党专政的政府如若不废止，联合政府不出现，目前教师的物质精神生活的困苦悲惨不但不会改变，而且还要变本加厉，事实上，现在这困苦悲惨的程度已经在逐日加深了。

今天是教师节，我们有感于教师们生活的困苦悲惨，所以特地提出讨论，教师们身历其境，想必所感更深。政府如若真要"教育第一""尊师重道"，那么就赶快彻底成立联合政府，改善教师生活，否则只是在教师节日来表面上宣扬一番，赞美一番，教师们怕是再也不会受这骗的了。

原载重庆《民主报》1946 年 8 月 27 日社论

纪念记者节

今天是记者节，我们每次逢着这一年一度的自己节日，总是悲痛多于欢欣，原因很简单，新闻是政治的指针，每次对政治有所指摘建议的时候，总是我们新闻记者在打先锋，于是也就首先遭遇到危难，而我国政治又偏偏需要指摘建议的地方太多。于是我国记者遭受的厄难也就更大。这几年来，全国各地的新闻事业之被摧残，真是罄竹难书，捣毁报馆，殴打记者，逮捕人员，虐辱报贩，几乎每天必有所闻，我们新闻记者就在这样恶劣的环境之下，不顾阻碍，不顾艰险，前仆后继，作着迂回曲折的斗争。我们不敢自诩说是我们已经有了什么彰著的业绩，但是只要真正的出了力量，也决不会白费，就由于积累了无数次的斗争，终于在去年十月间，成都报界和文化界发起了一个拒检运动，紧接着各地纷纷响应，势如狂飙猛浪，席卷全国，结果也迫使政府不得不明令取消新闻检查制度，虽然我们也明明知道这不过是一纸公文，距离实际的新闻自由还差十万八千里，但我们也深深明白积累的集体力量一定可以战胜顽固分子的无理措施的，一纸公文，虽是表面，但起码他已承认了这措施的无理，这也就是我们初步的胜利。今天，我们像一个身经百战的斗士，抚着昔日的创伤，看着自己这点些微成绩，是悲是喜，我们自己也说不清楚。但是，我们再抬头一看，新闻自由前途还是这样的辽远，有待于我们的努力，还十百倍于当年，我们又不禁裹起创伤，鼓起勇气，大踏步向前走去，必须彻底实现新闻自由而后已。

怎样叫做彻底实现新闻自由呢？首先就是要彻底的取消新闻检查，因为检查制度本身到现在还没有完全废止，很多的地方还是在严厉的执行，查封报馆、查封杂志的事还是日有所闻。比如说西安《秦风日报》的被封、上海《文汇报》被迫停刊一周，昆明四十余种期刊被查禁，《上海周报》之被迫停刊，都是显著的实例，摧残新闻自由言论自由，实在莫此为甚，在这些实例的前面，假如要说是新闻已经自由了，那是自欺欺人的说法。

其次，新闻来源必须有彻底自由，也就是所谓采访的自由。今天我们采访实在是毫无自由、官方会议往往拒绝记者列席，今天最明显的例子便是苏北，那边实际情形究竟如何，外间多无从知道，这就是因为当局禁止记者到那边去采访新闻，如若你硬是要去，他就声明不保障你生命安全，这一着确是太毒辣了，你说采访没有自由么？你尽管去呀，可是挨了打我不管，于是高集、浦熙修在下关采访新闻，就被人打了，全国各地的主张民主的报馆，也被人捣毁了，像这类的事，在一些较为偏僻的地方就出现得更多。好，你有采访自由言论自由，我就有打的自由捣的自由！我们试想一想，如果一个新闻记者的人身自由，一个报社的独立性，都没有保障，即使检查制度取消了，报纸也还是不敢放胆说话的。

再其次，发行必须有彻底自由。过去邮政检查制度存在的时候，可以随便地扣发没收。现在邮检制度取消了，但是变相的邮检制度还是存在，照样扣留没收报纸刊物。即以本报而论，邮寄方面真是困难重重，寄出的报，往往几个月收不到。在本市发行也有阻碍，报贩报童，无故被打，没收报纸，更是习见不鲜的事了。

此外，在物质条件方面，也是给新闻事业以种种困难，当纸张机器电力等等完全被控制时，人民还有什么言论发表自由之可言？这是斩草除根的办法，较之检查扣留没收等等是更为彻底的。

以上种种如若不彻底取消，新闻自由还是一句空话，我们当然是希望政府能自动改善，但是更重要的仍是要我们自己加紧努力，"自由不是赐予的"，是要靠自己的力量来争取的。过去能够得到一点自由，正是大家努力争取的收获，今后，我们更要因得到这点收获而增加信心，争取更多的自由来。同时，我们更希望社会贤达人士来支持我们，鼓励我们。但愿得明年此日，检查彻底取消，采访通行无碍，邮寄不再扣留，报童不再挨打，区区短文，谨以为祝。

原载重庆《民主报》1946 年 9 月 1 日社论

官僚政治与贪污

自抗战胜利以来，贪污案件之多，简直是多如牛毛。即以接收舞弊一项而论，已被检举而且公诸报端者，就不可胜数，其他未被检举或检举后不便不准公诸报端者，尚不知凡几。街头巷尾，茶楼酒店，大半均以此为谈话资料，从前视为秽迹之贪污，而今竟成了司空见惯。这种现象若不从根铲绝，只有日使人民陷于水深火热之中，终堕绝境而后已。

政府当局似乎也觉察到这种贪污现象之太不成话，有时也挑几个不大不小的贪官污吏来惩办一下，企图敷衍人民耳目。但这举动却越发显出政府的狼狈，真正的大贪污者人民是知道得清清楚楚的，这些大贪官污吏，却没有一个受到应得的惩戒，仍然逍遥法外，继续在干着贪污的勾当，人民也是十分明白的。那么现在政府挑几个小贪官惩办的举动，客气一点说是敷衍，不客气一点说，就是纵容贪污，包庇贪污！

大家都知道，贪污是一个政治问题，并不是一两个贪官污吏的问题。从历史上看，每一个王朝的末代，都是贪污横行，敲诈遍地，远者如南宋晚期，近者如清朝末造。这原因倒并不是“人心不古”，而完全是由于整个政治昏庸腐败所致。所以南宋晚明清末并不是没有杀过贪官污吏，老实说，其惩戒较之现在政府还要认真，然而杀了以后，官员还是照样贪污，胥吏还是照样敲诈，便是由于整个政治还是照样。

在今天，贪污事件之多，原因也正复如此。国民党一党专政所形成的官僚政治的作风，彻头彻尾的表现在整个的政治机构上，而官僚政治的特征之一便是贪污，所以纵有一二贤良官吏，不是久而久之被这作风所习染，便是无法容身，挂冠归去。再加上言论没有自由，结社集会没有自由，甚至人民身体还是没有自由，老百姓受了贪官污吏的剥削，只有敢怒而不敢言，纵或有一二冒险敢说话的人，最高也不过只能检举到县长，县长以上仍是逍遥法外，无人检举，也无人敢于检举。

此外，目前的贪污横行，还有另一个原因，那就是内战的普遍爆发，内战把整个社会秩序扰得混乱不堪，许多贪官污吏，不肖军人，便趁浑水来摸鱼，敲诈榨刮，无所不至。政府又要借此辈来进行内战，便睁一只眼闭一只眼地干脆不管，老百姓去告发，却反而蒙受罪名。于是贪官污吏不肖军人气焰就越发高涨，老百姓就越发受害了。

根据以上所论，便明白了要想根绝贪污，只有消灭官僚政治，只有给人民以一切应得的自由，而目前更应停止内战，再明确地说，便是彻底实行政协决议，无条件停止内战，改组国民党一党专政的政府，把产生贪污的官僚政治的巢穴，根本摧毁，贪污现象自然灭绝。即或还有一二残留，人民也敢于乐于检举指斥，绝不致使其蔓延普遍起来。否则只是惩办几个贪官污吏，而且还是不重要的，那不但不是根治办法，反而使人有纵容包庇之感。

今天中国的事，一切都得从根本着手，一切都系于停止内战，实施政协决议，改组政府。抛开这些，一切都是空谈欺骗，做到这些，一切自可迎刃而解，消灭贪污，便是一例，其他方面也无不如此，现在一切已经到了总解决的时候，就看国民党当局何以自处了。

原载重庆《民主报》1946 年 9 月 7 日社论

维护中国之自由平等

孙中山先生临终时在遗嘱中告诉全中国人民，他一生致力革命，目的只有一个，就是"在求中国之自由平等"。这一目的没有达到，中山先生便离开国人而长逝了。

中山先生这一目的是中国历史所规定的任务。远在一百多年前，鸦片战争以后，大清帝国的金字招牌就被戳穿得一干二净。紧接着甲午之战，联军之役，中国国际地位更一落千丈，各帝国主义的侵略，日益加强，丧权失地，不可胜数，中国成了一个次殖民地国家。

如何从次殖民地国家的地位挣扎出来，使中国在国际上获得自由平等的地位，这是全国人民的任务，自辛亥革命一直到这次的抗日战争，我们牺牲流血，前仆后继，为的就是要达到这一历史任务的。

经过数十年来中国人民的艰苦奋斗，特别是八年的抗日战争，中国人民已经为国家赢得了"四强之一"的美名，到去年日本投降的时候，假如处理得好，这百年任务是可完成的了。但是痛心得很，我们自己太不争气，把千载良机，轻轻放过，把赢得"四强之一"的美名，断送精光，当政者自暴自弃地把中国又拖进次殖民地地位。他们为了取得外援，进行内战，来维持一党专政的政府，不惜断送国家主权和民族利益，以取媚外人。一年来事实俱在，是不容掩饰也无法掩饰的。

第一，最丧权辱国的事，就是 6 月间国共谈判时，当局竟要求美国在调处中有所谓"最后决定权"。自家内讧，要友邦来调解，已是万分丢人的事，现在竟要友邦来作最后决定，请问，这把自家国家地位置于何等？这种断送国家主权，不顾民族地位的事，实在是旷古未闻，在近百年来中国国耻史上是找不出的。就凭这一点，就足以使中国丧失独立资格，而作他国附庸，更何况还有——

第二，领土领空领海等权都断送了。美国军队可以随便在中国到处走动，而且可以长久驻在中国，装甲车巡逻队可以随便闯入。沿海港口，几乎全变成美国海军根据地，美国兵舰可以自由来往于中国领海，海军可以自由在各海口上下，青岛那块版图，实质上已经变了颜色，美军且显然有在那儿作久居之计了，还有中国整个领空权也完全丧失，最近且被当作美国出售军用物资运输的条件。美国飞机可以自由侦察巡逻全中国，而且可以从事空军摄影，不受丝毫限制。美国就可以因此制绘中国的军事地图，可以深入中国各地作调查工作。诸问，这些和以前帝国主义订立的不平等条约有什么差别？还有——

第三，内河航行权，关税自主权断送了。本年 6 月 5 日最高国防委员会通过了"开放内河航行权，准许外国轮船在南京、芜湖、九江、汉口等埠停靠"。这结果无疑是宣布了中国奄奄一息的航业的死刑。而洋货便因此大量地泛滥内地，使内地的工业无法生存。同时又将江海关税务司交给英人白查礼管理，轻轻地将关税自主权断送，中国民族工业更无法存在了。何况又订立了便利外资操纵的新公司法，让外国独占资本在中国境内垄断中国经济。官僚们瓜分了外国救济资金，以致中小工业得不到救济，越发促进中国民族工业的死亡。

第四，由于这些丧权辱国的行为，结果便招来了外国人对中国人的鄙视，进而加以侮辱。最近美军在华的行为，说起来简直令人痛心疾首。单是吉普杀人事件，自去年9月12日起至本年1月10日止，在上海一地就发生四百九十五起之多。而美军无故殴打或枪杀我同胞事件，几乎每天必有，最近在北平竟开枪射击起中国学生来了。此外美军抢劫财物与强奸妇女的事也不断发生。凡此等等，都见于国民党官方报纸的记载，其他未见记载的当不知凡几，但是我国政府对这类事件，却充耳不闻，充目不见，从未一字抗议，半纸通牒，相反的，却千方百计地来掩饰。这真不知道是何用心了！

凡是中国人民都应该爱国，这是天经地义，也是每个中国人从有知识时起便知道的事，今天我们不能允许这种丧权辱国的行为再继续下去，我们必须负起中国历史所赋予我们的任务，必须恪遵中山先生遗教，"求中国之自由平等"。凡是有损于中国自由平等的行为和条约，每个中国人民都是绝不承认，而且要拿出力量来予以纠正的。

我们希望当政的国民党不要太违反中山先生的遗教，要对得起中山先生的在天之灵。假如再这样倒行逆施下去，历史上是有许多前车之鉴的。

原载重庆《民主报》1946年9月15日社论

第二辑　小说　散文　诗歌

择　婿

危经理囤积粮食的事，因为分赃不匀，被他的属员告发了。虽然上头派来的调查专员还没有到，但这事却已经闹得满城风雨。

危经理虽是个经过大风大浪的角色，但对这性命交关的事，却也不能不发愁焦急，面子上虽然是不动声色，但暗地里可就各方面钻墙打缝奔走设法了。这一向，一大清早，他就坐上自用车，叮叮当当地踏着脚铃，车夫飞似的把他拖了出去，总要到深更半夜才回来。回来的时候，从没有一丝丝高兴的颜色，老是铁青着脸，没好气地从门上当差的骂起，一直骂到上房丫头，甚至于对他的姨太太也不像从前那么恭顺了。

可是今天下午在飞机场迎接江经理的公子回来以后，情形就完全不同了。这，第一个感觉到的是车夫王贵，三四里的路程，他的背脊居然没有挨过一下脚踢，这是近来从不曾有过的事。

他走进上房，丫头赶紧跑过来接过帽子和手杖，捧上一杯浓浓的龙井茶。

他一屁股坐在丝绒沙发里，那双带着威凛的目光在丫头脸上一闪，随口问了一声："姨太太呢？"

"吴处长太太接去打牌去了。"丫头吞吞吐吐地说，显得有些慌张，根据她这几天的经验，她已经在准备着承受一顿臭骂。

可是出乎意外地，他只挥一挥手说了声："出去！"

看着丫头退出以后，他慢条斯理地呷了一口茶，从银烟匣里取出一支前门牌香烟，火柴嚓的一声燃着了。

屋子里一阵惑人的香气向他鼻端扑来，他贪婪地深深吸进肚里，眯着眼睛，一丝笑意，轻轻地掀动着那两撇浓黑的小胡须，这香气他好几天来不曾这样舒舒服服地闻过了。

今天他的确是很高兴，意料不到的，江总经理公子竟还这么年轻，才二十七岁。雪白粉嫩的脸蛋，长得又满漂亮。而且，更妙的是居然没有订婚——这消息是他刚才得到的，在飞机场，他亲热地和江公子的私人秘书拉着手，装出一副不经意的样子问公子太太一同来了没有？那个秘书向他挤眉弄眼地扮了个鬼脸，"呵哈，老兄，公子还没有订婚哩！"说着就狡猾地笑了。

这么一个重要无比的消息，竟被他丝毫不露痕迹地从公子私人秘书的口中探了出来，这简直是个奇迹！从昨天下午接到报告江公子行期的那个朋友的急电时候起，就像悬在他心中的一块石头，一下子被这奇迹轻轻敲落了。

他悠然地吸了口烟，烟味混合着屋中的香气，变成另一种说不出的迷人气味，他又出劲地嗅了一嗅，心里暗想，昨天真白担了一阵心！现在江公子那方面，他所认为的问题，都不存在了，问题倒是落在自己这一边。

于是他就扭着小黑胡子思索起来。

他想女儿珍瑛今年已经十九岁了；是不是已经有了爱人呢，他以前根本就不曾想过这些事，姨太太只晓得成天地打牌，怕也不会知道的。要是真有了的话，那可麻烦了！

他蹙拢浓黑的眉毛，胖嘟嘟的脸上立刻打起几条皱纹，但是像微云掠月似的，一转眼间，皱纹就消失了，脸上又泛起一层愉快的光彩来。他仔细地从他女儿环境方面考察，便断定她还没有爱人。因为她所接触的青年男子，都是她住的那个大学的同学，而那个大学的男生，他是知道得很清楚的，尽是些穷人，有的还是沦陷区来的，去年春天没得棉衣，还向他募捐过，他女儿怎么会爱上这些穷光蛋呢？纵或其中有少数有钱的，但无论如何也抵不上他危经理，当然也没有诱惑经理女儿的力量了。再说，就退一万步想，女儿有这么一两个男朋友，一定也不过是聊解寂寞地玩玩而已，绝不会当真的。于是他就微微一笑，把这念头抛开，当然也就同时有把握地预料到女儿会对江公子满意了。

"一定满意！"他自己先满意地笑起来，仿佛女儿已经亲口告诉他了。渐渐地他就幻想着女儿将怎样和江公子相识，而来往，而恋爱，而结婚，而，他那个囤积案件，自然也就因了这"结婚"而取消了。

"告发我囤积去吧！"他傲岸地仿佛对那些告发的人们说："我和总经理合伙儿囤积去了，像现在这样的小玩意儿，还不来呢！"

当然，女儿和江公子一结婚，他和总经理就是两亲家了，既是骨肉至亲，自然就该有福同享。

但是刹那间另一问题又浮上他的脑际，而且紧紧把缠着他，使他为难了。江公子在这里是只预备玩一个星期的，短暂的七天工夫，女儿有没有魅力就能把这一个年轻人勾上哩？

他先从女儿的相貌上推敲起来，他觉得她的相貌虽说不上怎么美丽，可却也没有什么缺陷。而那双水汪汪的眼睛，对人斜瞟一下，也就够叫人飘飘然好半天。但打情骂俏卖弄风流这套本领如何呢？这就不是他做父亲的所能知道的了。而这套本领在目前却是必须，不然的话，在七天之内，是难以奏效的，又何况江公子并不是个没有见过漂亮女人的人！

"真糟！"

他那圆滚滚的肥壮手指在沙发扶手上敲了一下，轻轻地这么说。

一支烟吸完了，又换上一支，但仍没有想出解决的办法。他甚至有些后悔了，后悔以前没有叫姨太太传授女儿这套本领。想当初七年前，就凭着姨太太这套本领，在前任总经理跟前博得这个经理的位置，而今想靠女儿来维持这个位置，而女儿没有这套本领！想着想着就由悔而急，由急而恨，恨女儿不中用了。

门外一阵熟悉的高跟鞋声，他抬头一看，姨太太飘然走进。

"咦，今天怎回来这么早？"修细的眉毛向上一挑，对他掷了一个媚眼。

他脑中电似的一闪——珍瑛要像这样就好了！

他目送着姨太太走进里间屋子，就慢吞吞地站了起来，拖着沉重的脚步，向女儿房中走去，他心里计划着一番话，打算做说客去了。

危珍瑛小姐是危经理家里的大太太生的，现在正坐在寝室妆台前，对着镜子入神地描着眉毛。她的模样儿诚如她爸爸所说的"虽不怎么美丽，却也没有缺陷"，椭圆的粉脸上，很合适地安排着一对水汪汪的眼睛，两个隐隐约约的笑窝儿，两片殷红的嘴唇。只是额头微微凸出一点，但梳下一排刘海，密密地遮着，也就不怎么显眼了。

当她刚刚将左边那条眉毛画好的时候，忽然从镜子里看到父亲从背后出现。她怔了一怔，却并不回身，只一扭颈项，侧转脸，斜溜着眼睛，向父亲微微地媚笑着。

这一下，也将危经理弄得一怔，但转瞬间一团欢喜就从心眼儿里冒出来，他觉得这副媚态并不比姨太太差多少，刚才的担心，竟是多余。

"爸爸，"女儿一扭身站了起来，小手指点一点那条没有画的眉毛说："你坐一坐，让我把这眉画好，我还有事呀！"

危经理就坐在床前一张靠椅上，也没有问她是什么事，只一个劲儿点头说："好好好，你画你画！"

这回她没有坐下了，弯着腰凑近镜子，聚精会神地继续画眉，爸爸却从侧面眯着眼睛欣赏起来。

站在她面前的是一个轻盈的少女：隆起的胸脯，随着呼吸微微地颤动着，纤细的腰肢下面是圆圆的臀部，异常丰满的几乎要绽破紧裹住的绸袍。这些全表明这少女已经成熟透了。蕴藏在她身体里的一股年轻女人特有的诱惑人的魅力，饱满得遏抑不住地洋溢出来，像五月里盛开的鲜红石榴花的热烈，又像秋夜澄碧天空的皎月，把自己的光辉无止境地散射出来。

危经理像一个收藏家鉴赏一件心爱的古董一样，满足地点着光亮的秃脑袋，目光仍锐利地在女儿浑身上下搜索着，像是要从那里面搜出一点什么秘密。

女儿一回头，看见爸爸目不转睛地盯着她，这目光她是很熟悉的，平日在马路上走的时候，那些油滑少年也是这么样看她的。她的心微微一跳，立刻也就有点不好意思，两只手将脸一蒙，但目光却从指缝里妖媚地向爸爸闪着，接着就一串娇滴滴的声音：

"爸爸，你干吗老看着我呀！"

"好好，不看，不看。"危经理不自觉地笑着，心里想，这就行了，就凭这两下，不愁江公子不上钩。

女儿又转过身去化妆去了，她涂胭脂，抹口红，样子特别认真，一会儿嫌浓，一会儿嫌淡；擦掉又涂，涂上又擦！……

这回危经理却没有再看她了，这时他心中的担心为难都已消失，当前的问题，就是这番话怎样对女儿说出。

话是准备好了的，可是怎样说出口呢？这可又有点使危经理踌躇了。本来父亲关心女儿婚事，原是正大光明，要在平时，他是绝不考虑的。但这回却有点例外，凭良心说，这回他并不是关心女儿婚事呀，这回只不过是为了他的位置，来利用女儿婚事，实际上还是为了自己，和女儿有什么相干？

他想到这里，脸上满是油汗，倏地飞上一层红晕，耳朵根也有点热烘烘的了，平时的那副果决狠辣的手段，谈笑风生的唇舌，此刻全无法施展，他在女儿面前竟成了一个笨拙木讷的人。

他焦急地搔了搔头皮，神情有点惶惑，耳边仿佛跳跃着轻微的声音："这是你亲生的女儿呀！"他心头一紧，一阵羞愧统御着他的神经，头渐渐地垂向胸前，手指捻着胡须，捻上好几道劲，心里说不出是什么味道，他不敢抬头看女儿了，他甚至想逃出这屋子。

可是女儿已经装扮好了，一转身，一股照人的光彩，焕然四射，又把危经理吸住了。他不得不抬起头来——眼前浮动着一片艳丽的云霞。

他一咬牙，狠一狠心，鼓着勇气，声音颤抖着："珍儿，我跟你谈件正经事。"

女儿立刻愣住了，神情也突然板滞起来，父亲从来没有跟她谈过什么正经事的，现在竟然这么严重地要和她谈谈，她实在猜不透闹的是什么把戏，只睁大着眼睛，望着父亲，父亲仍是那么一本正经的面孔。于是她也不得不扮出一副近于滑稽的正经模样，恭敬地听着。

看女儿这副可笑的神态，危经理觉得空气未免太严重一点，于是微微一笑，这笑，当然是缓和空气的，但底下却想不出什么话来。忽然灵机一动，就问："珍儿，呃，你今年，呃，是不是十九岁？"

女儿扑哧一声笑了，心里想，原来就是这么个正经事呀！于是立刻恢复撒娇的神情，头一扭。"怎么，爸爸，你都忘啦！"

"没有忘，没有忘。"爸爸像是抱歉似的，再鼓起勇气说下去："呃，十九岁，对了。呃，对了，可不是，十九岁，也应该，应该啦——"底下的话就被拖长的声音代替了。

女儿双颊忽然一红，她明白爸爸谈这些，她目前就有件要紧的事，必须立刻出去，她看一看腕间的表。

"爸爸，我还有要紧的事，这就得出去了。"

显然，这句话使危经理不大高兴。什么要紧的事，还能比他现在谈的还要紧？他微微板起面孔，摆出一副做父亲的样子，带有点斥责的语气道：

"你有什么要紧的事？还不是和同学们胡闹！"

"今天可不是了，"女儿挺一挺突起的胸脯，理直气壮地说，"今天是同学会请江公子演讲，我做招待。"

"什么！"

这回可临到危经理愣住了，天下竟有这么凑巧的事！他半惊半喜地看着女儿，一时忘情，就冲口而出——

"你觉得那个江公子怎样？"

刚才，女儿心里就有点奇怪，江公子有什么魔力，竟会使爸爸这么吃惊，现在爸爸这样一问，她禁不住笑了，但心里也就跟着一亮，含羞地说道："爸爸，人家还没有见过面呀！"

"呵呵呵。"危经理也觉得有点难为情，自己这么个老练的人，怎么在女儿面前竟一时忘情到如此地步呢？但一看女儿的神情，却反而认为这是得意之笔了。他想幸亏有这一句忘情的话，简直代替了许多言语，现在她一定全部明白了。于是为了要女儿更明白自己的意思起见，索性再说得露骨一些。

"珍儿，刚才我说的，呃，应该呃，就是江公子！"

女儿绯红着脸默默地低下头，无论怎样不在乎的女孩子，在父亲面前谈这些事，总不免有点害羞的，她捻弄着腋下一条红花手帕，眉眼之间，流露出无限的风情。

危经理感到这局面有点尴尬，就搭讪地说，"就这样吧，赶快去吧！"

他迈开脚步，急急地走出房门。

第二天，在危经理的一间华丽的会客厅里，一个小小的宴会正在举行，客人就只江公子一位，危经理和他的女儿珍瑛小姐陪着这位贵宾在娓娓地谈笑着。

江公子一个月前刚从美国飞回，这次便是上这儿来考察什么的，今天他穿着一身笔挺的西装，头发梳得油光水滑，不时伸出细白的女人般的手指摸一摸刚刮过的尖下巴，周旋于危氏父女之间。他的谈吐风度都非常高贵优雅，显然是个有教养人家的子弟。尤其是对女性的礼貌更特别周到，老是谦恭地说着"请原谅"，或是"劳你驾"，"谢谢"，这一类的话。说得是那么恰当和蔼，一点不觉得他是虚伪的客气。在必要的地方，一定点缀一两句俏皮话，但都是一种所谓欧美的幽默，丝毫不俗，逗人喜爱。总之在女人面前，他的一举一动都似乎按照一定的计划进行着。

这一切都使危珍瑛小姐特别满意，"多么有趣的人呵！"她心里暗暗地叫着。

这"有趣"虽是她今天才发现，但昨天在同学会听他讲演时已经就一见倾心了。那雍容尔雅的体态，近乎外交家的动人辞令，每一细微之处，都震撼着这少女的心弦。讲完以后，她在休息室殷勤地招待他，他也和悦有礼地和她攀谈，虽然说话不多，但这位高贵公子似乎带有点什么魔力，在她的脑中就轻轻地抹上了一个影子，那时她就不禁佩服爸爸的眼力高强了。但是同时她想起爸爸和她谈的时候那副尴尬神情，却有些不解，她虽年轻，但也觉得谈她的婚事，这神情应该是属于她，而不是爸爸。不过这念头也只像她平日对功课有什么不懂之处一样，不假思索地就在心中滑过去。当今天在这酬酢里她又发现江公子不仅是风度言词超越寻常，而且还是个温柔多情的男子的时候，她对爸爸又五体投地地佩服了，于是便向爸爸的脸上投过一个感激的眼波。

爸爸正在扮着一个恭顺的脸和江公子讨论农村合作问题。

江公子潇洒地坐在沙发上，一只手支着腮，缓缓地说："是呀，兄弟在美国的时候，那篇博士论文——那是用法文写的，就是讨论这方面的问题。"他和人谈话，无论涉及哪一方面，都要显示出自己是个内行，不是有著作，便是有论文，而且全是用外国文写的。

"那，好极了，"危经理不胜赞叹地说，"这篇论文一定是渊博之至了，什么时候倒要拜读拜读，不过，翻成了中文没有？"

"我那秘书已经翻过来了。"江公子带有点轻蔑的笑意这么说，"前天和家严谈起，家严的意思还想按照这计划来实行呢。"

"那真是惠及苍生了！"危经理不住地点着脑壳，眼睛半开半闭地，脸上露出一副虔诚的神情，仿佛自己也是这"苍生"的一员，已经感受到公子的恩惠。

江公子正打算将那计划择要说一两点，可是一眼看到珍瑛小姐一人默默地坐着，按照他的规矩冷淡了小姐是极不礼貌的，于是立刻巧妙地将话题和小姐们的生活联结起来说道：

"其实呢，就拿化妆品来说吧，现在来路货缺乏，也得要用合作方法才行。"他略微侧着脸向危小姐，谦虚地问，"原谅，让我征求您的意见，您看对不对呢？"

老实说，什么"合作"事业，危小姐完全是一团漆黑，不过提到化妆品的来路货缺乏，倒是她的切肤之痛。别的不说，就拿那最普通的雪花膏来讲吧，以前常用的三花牌，现在早已拿蝶霜代替了。于是她深深感到江公子真能体贴入微，唇边就闪过一丝媚笑，露出两列白玉般的牙齿。

"对极了，你的话。"水汪汪的眼睛向江公子闪着脉脉含情的光辉。

危经理暗暗地好笑，心里想：这两个宝贝倒真的是一对。于是为了好教这对宝贝痛痛快快地谈一下，就站起来向江公子笑着说是他还有点事要办，现在就叫他的"小女"奉陪公子谈谈——

"对不起，对不起，一会儿就来！"

说完就向女儿含蓄地看了一眼，欠身退了出去。

女儿当然是明白爸爸意思的。江公子呢，也模糊地猜到一点。在他看来，危经理今天的一切布置，竟和他对待女人的手法一样——都是按照一定的步骤在进行。他心头会意地一笑，就向危小姐端详起来。

危小姐的风姿韵致，在他这"曾经沧海"的法眼看来，当然算不得上选，不过他对女人一向就抱着"玩玩儿"的态度，"多多益善"，自然也就无所谓了。

于是他开始用着心机和危小姐谈论起来，他问她的学校里的情形，课程的内容，平日的娱乐等等。问得是那样恰如其分，不多也不少，而且每一问题的提出，都使得危小姐有畅所欲言的机会。就比如课程吧，这是危小姐最不感觉兴趣的，可是他所问到的，凑巧得很，恰就是她所愿意谈的那一点。

谈着谈着，危小姐就渐渐被这年轻人所迷惑了，她忘情地倾吐着一切，甚至毫无顾忌地谈到学校里男女同学的恋爱故事来。而他呢，每当她谈到一个关节或是一个段落时候，他总是给安排一个幽默的解释，或是一句俏皮的结论逗得她格格地笑着，这样，她就更尽量地在她的能力范围之内将她的魅力发挥出来，媚眼，娇笑，微嗔……一齐毫无吝惜地抛掷给他，他也温柔地相称地予以报答。

他们谈到了音乐，恰好会客厅里就有一架钢琴。

"你会弹么？"江公子斜靠在沙发上，放肆地伸开两腿，显然他已经不拘形迹了。

"弹不好呀。"危小姐含笑地低下头。目光却偷偷地从眼角边斜飞到他的脸上，电似的和他的目光一碰，她身躯稍微一震，赶紧缩回目光看着自己的手。

"可不可以赏我一点儿光？"他走近她身边，弯下腰鞠了个躬。

危小姐羞涩地站起来，她心里是极其愿意在他面前显示一番的。

她优美地坐在琴凳上，手指迅速地扫过键盘，然后弹着一支练习曲。

琴声悠扬地在空气中振荡。

他手肘靠在琴台上，俯下头，目光跟着她的手指在键盘上移动，她弹完了，一抬头，水汪汪的眼睛向他闪动着。他立刻用一种几乎是崇拜的声调费扬起来。

"美极了，美极了——可是，你可以允许我也献献丑么？"

"他也会弹？"危小姐心里惊异地说，就笑吟吟地向他微微点头。

他飞快地冷不防地一转身就坐在琴凳上，危小姐想站起来让他，可是衣角已经压在他的腿下了。

也是一支练习曲在他手指下进行着。

可是这曲子在危小姐听来，只是一些零乱的声音震动着她的耳膜，听不清楚了。一阵阵的香气混合着男人身上所特有的气味，诱惑地向她鼻端扑来，她觉得心跳动得很厉害，呼吸也有点急促。

渐渐地她觉出他的身躯一点点地向她这边移过来，她窘迫地想让开，可是琴凳上像是有个什么东西吸住了她，她缺乏移动的力量。慢慢地两个身躯接拢了，紧紧地接拢了，于是一团热气像电流似的通过她的全身，微微地一阵颤栗，像一朵在风中的小白花……她支持不住了。

当她稍微清醒了一点的时候，她发现自己躺在别人的怀中，而琴声不知什么时候已经停止了。

一阵红霞直泛到她的耳根，她挣扎着站立起来，清楚地看见江公子向她微笑——一副得意的面孔。

就在这万分微妙的时候，危经理推开门走进。

"哈哈，对不起，对不起！"他抱歉地向江公子哈着腰。

江公子极其自然地和他周旋着，仿佛刚才并没有发生那件事。

"那么，现在就请吧，饭开在那一边。"危经理伸手向门外指了一指。

当江公子走出门，危经理回头看了一眼，女儿的异样神情，在他那双老于此道的眼中，是瞒不过去的，他立刻明白过来，于是心头一朵含苞未放的花，就如获甘露似的怒放了。

宴会后的三天之内，危小姐就有两天夜晚没有在家住。

每当女儿深夜还没有回来的时候，危经理心中的高兴就如同囤积粮食一旦赚了几百万元一样，心里想着——行了——行了！

于是他就摇晃着脑袋向他的姨太太夸耀自己的妙计：

"怎样，这计策？"

"唷，还不是你的老法子！"姨太太看了他一眼，红嘴唇向下一撇，样子像是生气，又像是撒娇。

"嗳嗳嗳，这怎么是老法子呢！"他有点难为情地叫着。接着偏了身子，把嘴唇凑近姨太太的耳边，压低声音，"这回和你那次不同了，这是择婿，懂不懂，正大光明——可不是正大光明！"

"得了得了，别和我来这套！"姨太太扬起一串晶琅琅的艳笑，扭着腰肢闪进里间屋子去了。

危经理身子瘫在软软的沙发里，脑筋沉在飘飘的幻想中，以前的担心为难全都解决了，都不成问题了，安排好的一切计划，都按着预定一步一步地实现了，别人告发他的囤积事件，只消江公子在总经理那儿说一句话，就可以烟消云散，说不定还可以借此机缘弄一个副总经理做哩。

得意的胜利的笑意挂在嘴唇边，不知怎的，他脑中一闪，竟然幻想着女儿和江公子调情的场面来：在本市唯一的大旅馆中，江公子住的华丽的房间里，金光耀睛的铜床，闪光的白绫帐幔，柔软的清洁被枕，对了，就在这雪白的枕头上面，洒散着女儿的蓬松黑发，而在这黑发旁边就有一个油光水滑的男人的头……

他想到这里，心头一紧，同时又有点难堪，就责备自己："怎么想到这一些呢，真是，真是！"

他霍地站了起来，衔上一支纸卷烟，就走出去，命令车夫拖到江公子住的那个旅馆，在车中，他准备好一番软中带硬的话，打算就在今天要把江公子紧紧捏在自己掌握之中。

车子在旅馆门前停下了。出乎意外地，侍役迎上来并不照例地接过他的帽子手杖，却垂着手恭敬地报告他：江公子已经在今天早晨搭飞机回去了！

这简直是个晴天霹雳，做梦也想不到的，就凭他这么一个老练镇定的人，也一下子摸不着头脑，好像堕入一团浓雾之中，分辨不出方向。

他茫然再坐上车子，心想女儿该知道这详情的。

走进上房，丫头就递上一封电报，这是上次报告江公子行期的那个朋友拍来的。

他心里似乎有点不吉的预感，抖着手指，急急拆开，上面赫然两行字——

"江总经理因囤积案撤职查办，兄事上峰决从严处理，望速作准备！"

他的脸突然苍白了，刹那间又突然红赤起来。血液倒涌上头脑，好像无数的铁锥在里面敲击着，然后又像一股熔化的铁汁流到心里，地面在脚底下旋转了，眼前跳跃着无数的金花。

电报在他手中紧紧地捏成一团，他勉强移动两步，将身躯掷进沙发，闭上了眼睛，他晕了！

当醒来的时候，女儿珍瑛泪流满面地站在他身旁，抽咽着声音：

"爸爸，他……骗……骗子……"

他凄然看着女儿的两颗黄豆大的泪珠落在衣襟上，断续地说：

"啊……骗子……"

选自中国社会科学院文学研究所主编

《中国现代短篇小说选》第七卷

人民文学出版社 1981 年 3 月出版

亮眼睛

凡是到过西安的人，大概总要去瞻仰瞻仰碑林的。

那里真当得起"艺术宝藏"四字而无愧。单就"开成石经"一宗而言，黑压压的一大殿，也就蔚为壮观，令人舌撬不下了。

说也惭愧，那时我到西安大约已有三四个月，不但不曾去过碑林，甚至连打算去一去的念头也没有兴起。这原因大概是那时抗战初起，西安成为全国青年最活跃的地方，大家都忙于抗战救亡的工作，谁也没有摩挲古迹，鉴赏艺术的兴致了。

后来去了，还是个偶然的机会。

有一天午饭后，天空阴沉沉的有些雪意，老章扛着肩头，袖着手，匆匆地走来。

"去不去，看碑林？"

我心里想，老章怎么竟有这闲情逸致呢？但也就戴上帽子，围了围巾，跟他走去。

到了校门，我才知道并不是老章的闲情逸致，而是他们班上那位考古学教授领他们去参观，因为有学校公函介绍，比私人去要方便，所以有些别班同学，也就跟着去看看，一共约有三四十人。

碑林中最引起大家注意的是"大秦景教流行中国碑"，其次便是那一大殿的"开成石经"了。

在大家鉴赏摩挲的时候，我听到一个女同学这么问：

"这既是唐朝刻的，为什么不拿来和现在经文校勘一下呢？"

这一句问话，显然表明问者是没有读过阮刻十三经校勘记的。当那位教授仔细告诉她的时候，我打量了她几眼。

她是个中等身材，长长的脸蛋，不施脂粉，头发乱蓬蓬的覆在脑后。这样，面容就显得有些忧郁憔悴了。但一双眼睛却异常黑亮，在长睫毛里闪着智慧的光。

我并不认识她，因为那时学校是由好几个大学临时拼成的，她不是我原读的那个学校的同学。

老章正含着烟卷在入神鉴赏石刻，我用手肘碰一碰他。

"她是谁？"

老章看了她一眼，微微一笑。

"亮眼睛嘛，都不认识！"

停了一会儿，他又忽然记起什么似的告诉我：

"今晚你就可以认识了。她分配在你那小组。"

那时学校后援会有一个时事讨论会，因为参加的人数太多，就分成许多小组，每组五六个人，每周开一次讨论会，老章所说的小组，便是指此。

由老章口中，我知道她和老章同乡，P院的同学，到这里还不久，姓漆，但同学们因为她的眼睛特别黑亮，背地里都叫她"亮眼睛"。

果然，晚间开会的时候，老章陪着她来了。

也许因为是第一次，她还有些腼腆，没有多说话，只闪着黑亮眸子，听我们讨论。

以后自然就渐渐熟识起来，我知道她也就更多一点，抗战前两年，北平学生掀起的爱国运动，全市的大学都整个的卷进里面，唯有 P 院许是女校的缘故，参加的人数却很少，而她，便是这少数中的一个。

她很尊重团体规则，每次讨论会，从不缺席，发言也渐渐多了。她的话说得非常之快，还夹着些南边方音，就像一串珠子似的，连续不断地跳出，北方同学不很容易听懂，所以有些时候，我还要给她担任点"翻译"工作。

由于这原因，再加上和她同寝室的女同学和我都很熟，我们接触的机会就更多了。她不像一般女同学那样爱装饰，甚至还有点名士派头，床铺都好像不大整理，老是穿着那件蓝大衣，蓝布袍，黄黄的脸皮，头发永远是乱蓬蓬的，有时我简直疑心她从早上起来就没有梳理过。她长得虽然不算美，可是精神秀澈，因此这么不修边幅，似乎反而增加了她的妩媚，一些浓妆艳抹的小姐，在她面前倒显得俗气了。

虽然由于她说话太快，而令人感到她很热情，但实际上，在不说话的时候，她却有超越常人的冷静。平时除了工作而外，也不大出去，老是一个人躺在床上看书，书呢，几乎全是文艺之类，她是读中国文学系的，但对于旧的诗词那一套，简直不大理睬。

她冷静，不修边幅，但一点也不孤僻。所以一些女同学都很愿意和她来往，渐渐地在女生中她竟成了个中心人物。

因为她爱好新文学，有时我就找她替后援会的周刊和壁报写点文章。开头她还脱不了一般女孩子那副扭扭捏捏的神情，到后来，也终于拿出了几篇。

"不好，你批评批评吧！"

虽然她扭捏地这么说，但这几篇作品立刻引起了我们一群人的惊异，对于她的文学造诣，我们有许多人真的自愧不如。

以后她就成为周刊和壁报的经常撰稿人了。

说好听点呢是自尊，不好呢，便是骄傲，那时一般聪明进步的青年人大概都有点这个毛病。她似乎也不能避免。平时我们假如对她的作品有所批评建议，她多半是不大肯接受的。同时那点名士气，也使得她缺乏韧性，工作上往往遇到些阻碍挫折，就会向大家诉苦似的抱怨起来，或者干脆撒开手不管。

当然这些小的缺点，并不致影响我们对她的好感。我们仍是愉快地在一块儿工作。

那时学校恋爱风气极盛，凭她这副气质又生活在这环境中，朋友们都认为是应该有一些"艳事"的。但出乎意外，她竟没有卷进漩涡，这可使大家有点惊怪了。

后来才打听出来，原来她在中学时代就有一个男友。她在 P 院读书，这男友曾给她很多的帮助，为了这，男友竟没有升学，因此，无论在思想学问各方面，都赶不上她，而她为了报答他的牺牲，站在道义立场，就不愿再爱别人了。

这种见解，我们虽然佩服，可是不能同意，理由很简单，假如仅仅为道义的话，那尽可以用别的方法去报答，为什么要将自己的一生幸福都献上呢？

但后来我发现了她对这个也有着矛盾和苦闷。那时据我所知有三个朋友同时向她示意，而她对每个人也都表示好感，但有时却又都没有好感。了解她的人，当然知道她是在苦闷和矛盾中挣扎，不了解的人自然就不免有些闲话了。恰好这时学校迁移了，这四角恋爱也就轻描淡写地告一结束，不然的话，怕会闹成一个很不好的下场。

我们几个人因为工作没有结束，同时也不大赞成学校迁移，所以仍然留在西安。校内十分清静，她和几个同学搬到一座小楼上住着。楼前有几株垂丝海棠，长得很高，艳红的花朵掩映窗畔，有几枝竟逗人似的伸进窗内来。

我们工作都很清闲，没事时就到这小楼上喝茶剥花生，聊闲天，谈谈笑笑，十分热闹，而今想起来还是满有味道的。

这生活过了一个多月，我们才回到学校去毕业。

毕业后，谁先离开学校，已经记不清了。只记得她是准备仍回西安的，听说是去会见她那位相识十年而未订婚的男友，那男友不知什么时候又来到西安了。

我呢，却来到后方一个省会。以后也从别的朋友信里或是谈话中得到她一点消息，说是她在西安住了一些时候，就上战地去了。究竟会到了男友没有，可不知道，而她上战地却确实是一个人走的。

既去战地，消息就越发隔绝，差不多有一年光景，每次遇到当日的老朋友，提起她来，都茫然不知。只有一次，我偶然在《大公报》小广告栏里，发现一则寻她的启事，署名是她的弟弟，这时，我才知道她还有一个弟弟。

以后呢，又是一年了，一个冬天的下午，天色和我那次上碑林时一样的阴沉沉，我一个人闷在寓所里，空洞，凄冷，无聊万分，便跑了出去，独自在街头踯躅，茫然不知何往，正打算再跑回去，忽然听到后面有人喊：

"老丁！"

回头一看，却是多年不见的老克，我们那时的高兴，简直是无法说明，紧握着手，在路旁就谈了半天，他是刚从战地回来，满脸风尘之色，但精神却极好。

我拉他一同走上一家酒楼，我虽然不善饮酒，但遇到久别的故人，也还可以来这么一两杯的。

酒间的谈话，除了各人叙述别后经过而外，自然就谈到一些风流云散的老朋友状况来，这一下，就提起亮眼睛来。

"你知道么？她殉难了。"

老克从酒杯里抬起目光看着我。

我猛地一惊，想不到好久得不到她的消息，而得到的却是这样一个噩耗；便惶急地问道：

"真的？什么时候？"

"秋天听到一个朋友说的，那朋友也是间接听来，详细情形，却不知道。"

老克似乎也有点凄然，停了一停又低声说：

"消息大概不会假！"

我们都默然了，只低着头闷闷地喝酒，这天我们两人好像都喝得多一点，酒后大概还说了些牢骚的疯话，现在自然都忘却了。只明显地记得我们踉踉跄跄走出来的时候，阴沉沉的天空已飘下牛毛般的雪来，洒在酒后发热的脸上十分清冷。

今天执笔写这篇短文的时候已是十年之后了，十年来遇到的熟朋友，谈起来，都说听到她殉难的消息，但都只是"听到"而已，"大概不会假吧！"朋友都是这么疑而不定地说，谁都不敢也不愿确切地说是真的。

但我总还疑心她仍在人间，闪着黑亮的眼睛坚强地和生活搏斗，虽然近来已经感到这"疑心"实在是近乎渺茫了。

1947 年 8 月

写工农兵和写小市民与思想改造

今天一切文艺作品主要的是写工农兵，这已是天经地义的道理，谁也不会提出异议了。

但是写工农兵，却不等于就是为工农兵服务，封建文人和买办资产阶级作家他们不也有许多写工农兵的作品么，但是谁也不会相信他们是为工农兵服务来写工农兵的，相反的他们倒是为封建阶级买办资产阶级服务来写工农兵的，换句话说，便是他们站在封建阶级或是买办资产阶级立场来写工农兵，企图麻痹工农兵以巩固反动阶级的统治，这道理是很明白的，无须多说。

要站在为工农兵服务的立场来写工农兵，这就不是坐在书房里能够想出来的，必须深入到工农兵的生活里面，把自己也融化成工农兵的一员，与工农兵同喜怒哀乐，一句话要工农兵"化"。但这里便又接触到一个文艺工作者的思想改造问题，思想没有经过改造，就"化"不了，写工农兵就写不成，即使写出了，也是四不像。所以今天文艺界朋友纷纷要求到工厂、到农村，这要求是非常正确的，道理呢，也很明白，也无须多说。

可是现在又有另一个问题来了，目前客观情况发生了很大的变动，我们解放了许多大城市，而且还有许多大城市跟着就要解放，这些城市不但有工人，也还有更多的小市民和知识分子，于是便有人提出了这一问题，便是文艺工作者对这些人也不能抛开不管，也应该写写他们才是。

对于这一问题我以为应该这样理解：

首先应该肯定的是，大城市的解放，并没有改变我们的文艺政策和方向，文艺工作者今天主要的工作还是要站在工农兵立场去写工农兵，这一点是必须明确起来的。

其次是小市民知识分子是可以写的，但问题是在如何去写，还是像过去一样站在小市民知识分子立场，用小资产阶级思想感情去写呢，还是站在工农兵立场，用无产阶级思想感情去写呢，无疑的，前一种写法是在散布思想毒素，我们今天是一点也不需要的，后一种写法那才是正确的，针对小市民知识分子的思想受毒的实际情况，站在无产阶级立场将它分析刻画出来，使他们看了以后，明白自己有这么许多缺点，可以去慢慢改正，假如说是"为小市民服务"吧，那么这才是正确的"服务"方法。不过说到这里又接触到前面已经提到的一个基本问题，那就是——

再次，仍然要经过思想改造。道理很简单，小资产阶级对小市民层的理解和工农兵对小市民层的理解是有着本质上的不同的。我们以前对小市民层的理解是站在小资产阶级立场的，今天我们要站在上农兵立场，要学习他们对小市民层的理解，那就必须和上面提到的一样，思想感情要工农兵化。真正工农兵化了，写出来的小市民，自然是工农兵心目中的小市民，自然能发掘到小市民的灵魂深处，否则的话，写出的小市民只是小市民心目中的小市民，不但距离"为工农兵服务"十万八千里，就是"为小市民服务"也不是正确的"服务"态度。

所以，归根到底一句话，无论你写工农兵也好，写小市民也好，你都必须经过思想改造，都必须将思想感情工农兵化，否则的话，写工农兵写不好，写小市民也写不好。如果思想改造了，立场站稳了，不但工农兵可以写，小市民可以写，就是资产阶级官僚地主也未尝不可以写。

自然，改造思想，将思想感情工农兵化，对于知识分子是一个艰难困苦的历程，但我们必须鼓起勇气面对这一困难去努力克服它。如果认为自己熟悉小市民，便以写小市民自命，不明白自己过去所熟悉的那一套的不正确，而企图逃避改造思想的痛苦，那是一种没出息的不长进的想法，一定要被时代清算下去的。

1949 年 8 月 13 日于北平

接受中国学术遗产漫谈

中国学术遗产是应当而且必须批判接受的，毛主席在《新民主主义论》里已经有十分透辟的指示了，但是如何去批判呢？那就必须首先要掌握历史唯物论，辩证唯物论，即马列主义这一武器。假如马列主义没有学过，或者没有学好，那他就不能谈接受中国学术遗产，因为他手中没有武器，结果一定是倒在"遗产"的怀中变成"遗产"的俘虏。

马列主义的学习不是教条式的公式化的学习，必须和自己思想感情结合起来，变成自己的血和肉，只有具备了这样的武器，才能够大踏步地走进中国学术遗产的森林中，不为它所震眩，所迷惑，才能够剔除糟粕，吸收精华。否则的话，在"遗产"的森林中就会有茫无头绪之感，终于要被它震慑、降伏。

老实说，长期在蒋介石后方统治下从事中国学术研究的人，除了少数的例外，是很少有机会接触到马列主义的。自己对中国学术的看法或研究出的成果，就不免或多或少的带有封建主义、资本主义甚至买办阶级的观点。现在要想用马列主义来接受中国学术遗产，那就必须把这些观点毫无保留的、毫不爱惜的、彻头彻尾的扫除干净，必须这样，才能够从头学起，重新建立自己的看法。

彻底否定自己过去的看法和成果，说起来容易，做起来可不简单，想想看，自己辛辛苦苦地研究了十几年或几十年，掌握了不少的材料，撰写了不少的著作，在旧社会里有了一定的学术成绩和学术地位，现在要一下子全部推翻，重新来过，这就需要一番自我斗争，这斗争也许是很痛苦的，也许还不是一个短时期的，但只要有决心，忍受痛苦、慢慢地就会从痛苦中抬起头来，大彻大悟，这时候，你过去掌握的材料和研究成绩，对你还是有一定的帮助的，于是你会有一种新生的愉快。

用马列主义批判接受中国学术遗产，不等于比附，并不是抱着一堆中国学术遗产跑到马列主义仓库中，去寻找哪一件合于马列主义，哪一件又不合于马列主义，如果这样，那可糟糕，那是把马列主义肢解了，也是把中国学术肢解了。马列主义是有它一个极其严密的体系的，它绝对不容许有非马列主义的成分渗透进来；而中国学术遗产呢，也绝不可能有马列主义的成分。千万不要这样做吧，这是于己有害，于人也有害的事。

马列主义是实事求是的，用马列主义方法去批判中国学术遗产也应该是实事求是的，那就是说要顾及时间、环境和条件，要批判接受那些今天用得着的东西，不应该接受的当然不要，应该接受的而今天却不需要的也还是不要，这之间是有轻重缓急的区别的，并不是一谈到接受中国学术遗产就什么全都拿来了。

所谓接受今天用得着的东西，即"多少带有民主性与革命性的东西"，而这些又并不是生吞活剥给搬过来，也不是枝枝节节断章取义的给罗列出来，它应该是通过马列主义的融解以后提炼出来的东西。而这些对于今天的"用"处，也只是一个借鉴。假如把这"用"理解为用以表达我们时代的思想，用以解决中国今天现实的问题，那可大错而特错了。

研究过去是为了现在，这是从事批判接受中国学术遗产的人应该当作座右铭的，假如忽略了这一点，那就会让死人来压着活人，让过去来统治现在，那这个错误就犯得不小。所以一方面要把过去和现在严格地区分开，另一方面又要把过去和现在紧密地连接起来。

了解它，和它斗争，这也是从事批判中国学术遗产的人一个主要工作。中国经过将近三千年的封建社会，一百多年的半封建半殖民地社会，封建买办思想长期地盘踞在中国学术界，现在中国社会性质虽然基本上改变了，但这些思想还没有肃清，甚至还形成一些堡垒。了解它，分析它，摧毁它，肃清它，这是研究中国学术遗产的人责无旁贷的事。

1949 年《光明日报·学术》第一期

和轰炸作斗争

朝鲜已经没有前线和后方的区别，美国飞机经常骚扰，不断制造它的罪行。

越过鸭绿江桥便是新义州，这在朝鲜要算是一个大的城市，我们的汽车在深夜穿过市区，借着微弱的星光，可以看出街两旁是一片瓦砾，布满了蜂窝似的弹坑，里面的积水在星光下一摊一摊的闪着暗淡的光。远处间或也有一两座楼房黑黝黝地矗立在暗空中，但走近一看，却只剩了一个空壳。然而就凭这样，美国飞机还是常常来轰炸扫射。

在朝鲜不仅新义州是这样，我们所经过的大小城镇甚至村庄几乎绝大部分都是如此。

美国飞机的丧失人性的疯狂行为，有些简直不是人类所能理解的。底下是我亲眼看到的一个小例子：

在沙里院附近山中有一个小村子，四面包围着起伏的山峦。我们到的时候，正是雨后，山上松树翠绿欲滴，杜鹃花红得像胭脂，小桥下流水潺潺地响着，每家屋后盛开着几树樱花或杏花，这里既非城镇，又不是军事目标，只是疏疏落落的住着二十几家淳朴的农民，然而美国飞机却疯狂无耻地在这村子投下几颗炸弹，几堆黑色的灰烬可憎恶地堆在那里。

这样的例子，在朝鲜是多到不可胜数的。

我们在朝鲜一个月的勾留中，几乎每天都面对着这种景象。但所引起的情绪却不是伤心惨目，一片凄凉。相反的，而是从这些破墙颓壁的土堆中，倒塌房屋的灰烬中，甚至每一根柱头上，每一地瓦砾上，我们都仿佛看到了朝鲜人民的愤怒和仇恨的火焰在闪烁着，爆发着！

我说这话是一点也没有夸张的。

美国飞机可以轰炸朝鲜的大小城镇和村庄，但是它却丝毫不能炸掉朝鲜人民的英勇和智慧。朝鲜人民就用他们的英勇和智慧在和美国飞机作着顽强的斗争。

朝鲜人民从来没有"跑警报"这么一回事，每当美国飞机无论是 B29 轰炸机也好，装备着小炮的轻俯冲轰炸机也好，喷气式的驱逐机也好，从头上蠢然飞过的时候，他们只是仰起头用愤怒的像一对火球似的眼睛注视着它，投过一个冷笑，接着仍然紧张地忙碌地从事自己的工作。

在田野里，老年人和妇女挥着汗在勤恳地翻地，播种。他们从经验中懂得敌机飞高飞低飞快飞慢的企图，以及怎么去躲。

在工厂里，工人巧妙地找到隐蔽的场所，昼夜不停地在做着工。

在市场上，商人毫无顾忌地摆出自己的商品，顾客们也毫无顾忌地来回挑选着。

在政府机关里，一切工作人员都在地下室中，夜以继日的在紧张地工作。

在铁路上，公路上，一到晚间，火车和汽车就像游龙似的飞驰奔跑。

在一切抢修工程的现场上，工人们毫无隐蔽地在挥着铁锤，进行抢修工作。

这些说明了什么呢？

这就是说美国飞机的轰炸扫射，不但没有影响朝鲜人民的战时工作，相反的，倒由于它的轰炸扫射，更提高了朝鲜人民的工作积极性，许多工作都提前完成了。

不过，朝鲜人民和敌机轰炸作斗争之所以获得这样的胜利，也不是单凭勇敢得来的。朝鲜人民知道怎样地把勇敢和智慧结合起来，他们十分巧妙地想出许多隐蔽方法，使敌机发现不到目标，终于只好盲目投弹，这样，顶多不过把平地炸成几个坑而已。

其次呢，美国空军之怯懦低能也是惊人的，美国兵是"少爷兵"，美国空军更是少爷，自从我们地上部队用步枪和机关枪击落了他们的飞机以后，他们从此就不敢低飞。但是飞得高呢，我们高射炮手射击的准确，也使他们胆战心惊。所以每次飞来，只要高射炮一响，就赶快掉转机头，仓皇投弹而去，投弹既一"仓皇"，那么顶多仍然不过把平地炸成几个坑而已！

朝鲜人民就是这样地深切明白了敌人吹嘘的什么空军制胜，完全是白天里说梦话。

朝鲜人民就是这样地和美国飞机轰炸作斗争取得了胜利。

原载《战斗的朝鲜后方》，北京师范大学出版部
1951 年 8 月初版

复仇者

美李匪帮在朝鲜制造的罪行，真正是万恶滔天，史无前例。

平安南道江西郡新井面 ① 劳动党书记朴梦实同志告诉我，在他那个面里，那些吃人的野兽们从去年 11 月 25 到 30 日，五天之内，就用机枪屠杀了一千多善良淳朴的人民。有许多人全家都被杀光了，像朴梦实同志全家二十二人，除了他一人逃出以外，全被杀死。

4 月 15 日上午，朴梦实同志领着我们看完春耕以后，大家坐在树荫下休息，他燃了一支烟，伸出粗壮的指头，指着前面的一座山，沉重地向我们说：

"那就是一千多殉难者就义的地方，我领你们去看一看。"

我们随着他在两旁栽有垂杨的公路上走着，起先大家还有说有道的，慢慢地就大都不说话了，只听到脚步踏着铺满碎石的公路沙沙地响着。

不一会儿，就走到山坡下面。山和朝鲜普通的山一样，不十分高峻，但很曲折秀美，长满苍翠的松树，要不是朴梦实同志先告诉了我们，谁也不会想到强盗们竟把这里当作杀人的屠场。

---

① 朝鲜的"道"略相当于我国的省，"郡"相当于县，"面"相当于区，"里"相当于村。

这时大家心里都似乎十分沉重又十分激动，胸口像压上了一块大石头，急促地喘息着，额上冒出大粒的汗珠，艰难地、着实地提着脚步往山上爬。

我们爬到了半山腰。

"就是这里。"我抬起头，看见朴梦实同志站在一株松树底下，黧黑的脸像一块坚硬的崖石，指着他面前的一条战壕这样说："强盗们把人成串地用绳子捆起，牵到这战壕边，就开机枪扫射……"

战壕很长很长，是围绕着整个山腰挖成的。沿着战壕的周围零乱地散满了殉难者的遗物：许多破烂的衣衫和裤子，上面的血迹沾满了黄土，女人背孩子用的兜带，六十多岁以上的老人才能戴的纱帽、婴儿的包被和小衣服，以及无数袜子、鞋子、头巾……这一些散满在战壕两旁的山坡上、崖石上、树根上，有些衣服被老鹰叼上了树枝，风雨剥蚀，已经分辨不出什么颜色了。

这不是文明的人类所能干得出来的，只有吃人的生番，吃人的野兽才能干得出来！

无边的悲愤压抑着我们，控制着我们。没有声音，没有喘息，甚至连呼吸都没有了。

"同志们，当时的情况是更叫人咬牙切齿的！"朴梦实同志闪着血红的眼珠在说，但他却没有流泪。"强盗们溃退后，我们来掩埋我们的这些亲人，就发现有许多人是没有被枪弹射中要害，又活活被铁锹打死的。更令人悲愤的是许多不满周岁的婴儿并没有中弹，从死去的母亲身上爬了出来，爬了好几尺远，又被生番们刺死或是活活地埋掉了。"

朴梦实同志的眼睛像快要冒出火来了，但他却仍然没有眼泪。他继续说下去：

"死的绝大部分是老弱妇孺。但这些老弱妇孺也不是毫无抵抗就死的。在强盗们进行屠杀的那几天，住在附近的人每次都听到几阵大的混乱之后，才有枪声；在枪声里就交织着响亮的'金日成将军万岁！''劳动党万岁！''朝鲜民主主义人民共和国万岁！'等口号。"

朴梦实同志的话是一点也没有夸张的，英勇的朝鲜人民，即使是赤手空拳的老弱妇孺吧，他们也绝不会驯服地让强盗们来屠杀的。

底下要说的李再贤同志的英勇斗争的事迹便足够说明这一点。

在敌人快要逼近新井面的时候，上级命令干部们和青壮年都要撤退，老弱妇孺暂时留下，李再贤同志便是留下来的一个。

他是一个劳动党员，在日本统治时期，坚持地下工作，曾被捕多次，每次都受尽了酷刑，但他却什么也没有说，终于日寇只得把他放了出来。但最后一次，日寇竟用电把他的神经弄坏了。

八一五朝鲜解放以后，他被派在新井面小学里担任总务工作。

由于长期的折磨，他的身体实在瘦弱得不成样子了，虽然只有四十八岁，但看上去竟像六十岁的老人。不过，令人惊诧的是他的神经虽然受了伤害，但他对党却仍然是有着无限的忠心，对工作仍然是有着高度的负责精神。

敌人来了，开始没有注意他，谁会注意到这样一个有神经病的瘦弱的老人呢？

但这个神经伤坏的老人却恢复了五年前的地下工作。

在夜里，他在那昏暗的小屋子里，伏在炕上，用毛笔，用钢笔，用铅笔写下了许多传单。在这些传单上，他用坚决有力的词句告诉本面同胞：宁肯死去，不能投降！并且在最后肯定地写着：只要坚持两个月，我们就可以全部光复新井面的。

也是在夜里，他一个人亲手把这些传单一张张地散发了出去。

传单在新井面老百姓的手里传开了。传单里面的每一句话，每一个字，都振奋着全新井面人民的心，给他们指出了胜利的前途，更坚定了他们的斗争的意志。

他就这样不断地写了出来，不断地散发出去，也就不断地在居民手里传开。

但是，时间久了，敌人是不会不知道的。终于李再贤同志被敌人逮捕了去。

五年前在日寇那里所受的种种酷刑，现在又一一加在他的身上。

这个神经受了伤害的瘦弱的老人，是用高傲的冷笑和斥骂来答复这些酷刑的。

敌人知道在他口中永远也得不到什么，于是便把他拖出去枪杀，并强迫全面的居民都去看。

敌人有意不一下把他打死，先用枪托猛烈地打他的腿；他高呼着"朝鲜民主主义人民共和国万岁"。

敌人开枪了，第一枪从他胸部穿过，他倒了下去，但又倏地从血泊中支撑起来，圆睁着眼睛，指着敌人，狠狠地说："你打死了我，我的灵魂也要和你作斗争的！也不饶你！"

敌人开了第二枪。李再贤同志光荣地牺牲了。

李再贤传单上的话并没有说错，两个月之后，朝鲜人民军和中国人民志愿军果然赶走了敌人，光复了新井面。

英勇的朝鲜人民，英勇的朝鲜的老弱妇揣，就是这样赤手空拳地和敌人斗争过来的。

对于这样的血海深仇，新井面老百姓是永世难忘的，但他们用什么办法来复仇呢?

这可以从朴梦实同志身上得到答复。

朴梦实同志现在已经没有了眼泪，也没有笑，有的只是愤怒和仇恨。

他原是个雇农，在日本人和地主的残酷剥削压迫之下，长期地过着牛马不如的生活。八一五以后，在土地改革运动中，他光荣地参加了劳动党。入党以后，他对党表现了无限的忠诚，使广大群众团结在党的周围，并吸收了很多新党员，大大加强了新井面的党的威信和力量。这样，地主们也就越发把他恨入了骨髓。在美李匪军占领期间，地主勾结了敌伪把他全家屠杀了。

当我们和他从战壕回来的时候，他低着头和我并排走着，一面简单地告诉我他全家被杀的惨况：他全家被杀二十一人，包括他的父亲、母亲、妻子、五个儿女，还有他哥哥家里七个人，姐姐家里六个人。

他说着说着就伸出手揩了揩额上的汗珠。淳朴而黧黑的脸上浮着一层坚定自信的光彩，继续地告诉我：

"现在金日成将军号召我们加紧春耕，要我们把春耕当作保障前线胜利斗争的任务来完成。这一号召对于我和全新井面的老百姓，就并不是一个简单的词句，而是有着具体的血泪和复仇的内容的。不只是春耕如此，我们对其他的一切战时工作像交粮、修路、修桥……都贯穿了这一内容。"

他一气说完这一些。似乎觉得有点热，慢慢地解开那旧呢子上衣的纽扣。

朴梦实同志的话是完全真实的，全新井面老百姓在他的领导和帮助下，都和他一样把血泪和复仇当作春耕和一切工作的具体内容了。

我和这结实的汉子并排走进了村口。这时正是午饭时候，许多老百姓都从田地里回来了。我看见这些老百姓对他是如此的亲切，老大娘像看见了儿子似的抓着他的手，小孩子像看见了爸爸似的抱着他的腿。他呢，一面抚摩着孩子的头，一面亲密地和老大娘谈着，态度和面容是那样的和蔼安详——但是，我曾在他脸上留心地寻找，仔细地寻找，在那和蔼安详的面容上仍是没有一点笑意。

"这坚实可爱的人啊，你该笑一笑，怎样才能使你笑一笑呢？"不知怎的，我竟天真得像个小孩子似的这样想着。

特别使我高兴的是我这天真的愿望到晚间居然得到了实现。

晚间，我们在新井面小学里举行了一个晚会。我们的同志表演一些相声、说唱、技艺之类的东西。

我有意地挨着朴梦实同志坐着，表演节目进行的时候，我不时地注视着他，我发现他是用着好奇而又高兴的心情在欣赏友邦的这些艺术节目，目不转睛地在注视着演员们的说话、表情和动作，热情地鼓着掌。

当节目快完的时候，表演了一个新编的说唱节目，那是歌唱朝鲜人民军和中国人民志愿军在一个森林里会师的情形，说是我们志愿军看见人民军之后，第一个动作就是把自己身上的大衣脱下来强迫人民军穿，而人民军又坚决地强迫志愿军仍然穿上，就这样推来推去，相持不下。说唱的同志用了最大的兴奋和快乐的情绪，一面歌唱，一面还有趣地模仿着双方推让大衣的动作。

正在模仿得紧张的时候，我忽然看见朴梦实张开肥厚的嘴唇哈哈地笑了。

多么可爱的笑啊，这天真的笑，淳朴的笑，勇敢的笑，胜利的笑，洋溢着中朝人民深厚友谊的笑。

我也跟着放声大笑了。

我不知道是什么力量使我猛地跳了起来，紧紧地紧紧地拥抱着他。

我已经看不清楚他的脸。

我不知道为什么掉下了眼泪。

原载《战斗的朝鲜后方》，北京师范大学出版部

1951年8月初版

朝鲜农村中的战斗火焰

　　朝鲜的山是十分秀丽的，一个峰峦接着一个峰峦，起伏着，环抱着。山上长满了松树，天矫虬曲的枝干，苍翠茂密的松针，把山色染得越发葱茏可爱。到春天，鲜红的杜鹃花开了满山，掩映在翠绿的松丛中，真是一幅迷人的设色山水画儿。

　　山坡下多半有一条小溪，曲折蜿蜒的，随着山路潺潺地流着。溪水是那样的清澈，连水底下的石子都历历可数。水边丛生着绿得发亮的菖蒲草，如果把草轻轻拨动一下，就立刻可以看见三几条小鱼倏地游去。

　　许多农家就散布在这样的山坡下面，溪水旁边一圈圈的篱笆围着一两排清洁小巧的房屋，屋后面多半种着几树樱花或是桃杏。我每次经过这些农村时，我总好像看见了这些美丽的农村里面燃烧着朝鲜人民的战斗火焰，同时也就不禁要想起八一五以后美国强盗发动侵略战争之前，住在这山明水秀环境中朝鲜的农民的幸福生活。

　　在战争以前，朝鲜农民生活的幸福真是数不尽说不完的，且看那时的平安南道江西郡一个面的农民生活吧。

　　在八一五以前，这里农民的生活是万分悲惨的，自己没有土地，替地主耕种，每年要把地面上的收获四分之三交给地主，永远吃不饱、穿不暖，还欠下了地主的许多债务，八一五以后，实行了土地改革，这个面就有百分之七十九的农民得到了土地。自己做了国家的主人，土地的主人，于是一切就和以前完全两样了。五年之间，农民自己修盖了三百五十座瓦房，平均每家有一口猪，三家有一头牛，五年存下来的粮食，有稻子两万袋（每袋有五十公斤），杂粮三万多袋（每袋六十公斤），可够全面人口两年的食用。物质生活提高了，文化生活自然也就跟着提高，在日本统治时期，这个面只有两个小学，全面青年在中学念书的只有十五人，在专科以上学校念书的只有三个人。但到解放后五年，即 1950 年夏天，全面已有小学三个，中学两个，学生共有一千多人，进大学念书的竟达七十三个人了。

美国强盗发动战争以后，强盗们曾经一度侵占了这个地方，于是这个面就被糟蹋得不成样子了。强盗们在这个面里屠杀了九百六十三人，几乎占全面人口十分之一，耕牛被屠杀了一百六十二头。此外房屋被烧毁了，粮食被劫掠了，猪狗被牵走了，鸡鸭被宰吃了，一切生产工具日用物品全部被毁坏了，砸烂了……

不久，朝鲜人民军和中国人民志愿军就赶走了美国强盗，于是这些淳朴的农民们，妇女们，孩子们，头上顶着自己仅有的一个包袱，背着吃奶的婴儿，从深山里，从石洞里，从森林里，从辽远的地方，一个接着一个，连串地回到了自己的家园。沾满灰尘的脸上都闪着坚强不屈的意志的光彩。

这个曾被屈辱的家园啊，受尽苦难的家园啊，他们终于把它从强盗的手中胜利地夺回了。

他们在自己房屋的灰烬旁边巡视着，寻找着。在刺鼻的焦味中，他们默默地拾起缺口的锄头，搬起毁坏的炕桌，挑起破碎的衣裙，这些东西对于他们是如此的熟悉，如此的亲密啊，熟悉得亲密得和自己的亲人一样，现在呢，亲人被强盗们屠杀了，连和亲人一样的什物也被强盗们毁坏了！

无边的悲痛、愤怒、仇恨抓住了他们，在他们心底像烈火似的燃烧起来。

他们每个人都像一个巨人似的坚定地站起，咬紧牙，把眼泪倒流向肚子里面。

首先，他们亲手掩埋了被强盗们残杀了的父亲、母亲、妻子、儿女，然后就把这无边的悲痛、愤怒、仇恨的火焰和支援前线工作的热情汇合在一处融化起来、燃烧起来。

火焰燃烧在耕种中、火焰燃烧在抢修工程中，火焰燃烧在一切战时工作中。

暮暮的晚上，朝鲜的夜风还有些凛冽，汽车冲着寒风，在乳色的月光下奔驰了半夜，把我们送到了江西郡的一个村子。

江西郡劳动党书记桂子首、面人民委员会委员长李容燮和女性同盟委员长文基玉都来到村口欢迎我们。

我们被招待到一间颇为宽大的屋子里，当我们脱了鞋子推门进去，就立刻被屋子里的陈设惊慑住了：一盏雪亮的电灯在温暖的空气中射着耀眼的光芒，古铜色的长炕桌上摆着几盘鲜红的苹果，还有大盘小碗的咸菜和肉类，酒杯里朝鲜麦酒的香味迎面扑来。

主人招待我们围着炕桌坐下，举着酒杯非常谦逊地说：

"要不是战争，我们还可以招待你们更好一些，现在呢……我们干一杯吧。"

于是我们互祝毛主席和金日成将军的健康。

我们喝着麦酒，女主人文基玉给我们削着苹果，我们一片一片地吃着，亲热得像兄弟姊妹一般的谈着朝鲜的战争，谈着美军的残暴和他们士气低落的情形，谈着朝鲜的胜利光明的前途。

"我们一定要胜利的。"从十二岁起就做了铁路工人的桂子首用着充满信心的语调这样说，"有四万万七千五百万中国人民支援我们，有苏联为首的世界民主阵营的力量支持我们，有伟大的金日成将军领导我们，我们自己拿出一切力量来争取胜利，这样，我们就非胜利不可。"

"就拿我们这个面来说吧，"李容燮呷了一口麦酒，又抹一抹嘴唇这样说，"妇女们、七八十岁的老年人和七八岁的儿童都动员起来了，他们响应金日成将军号召，正在努力完成春耕，并且准备提前完成。"

坐在我对面的文基玉正在低头削着苹果，这时忽然抬起头来，拂了一下鬓发，红润的腮颊衬着天蓝的短袄显得特别美丽。她闪着长睫毛底下的发亮的眼睛向我说：

"在我们这个面里，不，在整个朝鲜，春耕的完成，妇女是起了决定作用的，青壮年男子都上前线去了，他们丢下来的工作，我们妇女就全部承担下来。"

"这和您的领导也是分不开的。"我们同来的一位同志向她这样说。

她好像不好意思似的，谦逊地摇一摇头。

她今年才二十三岁，在美李匪军占领期间曾被捕三次，受了许多酷刑，但她却什么也没有说，后来她终于机智地设法逃脱了。

"这么一个文弱清秀的女孩子，竟是这样的坚强英勇！"我默默地看着她，我想，就凭这一点，朝鲜人民就是不可征服。

喝完了酒，我们又吃了一碗朝鲜的"冷面"，这是和我们四川的凉面味道差不多的一种面条。

第二天早上，桂子首、李容燮和文基玉领着我们去看春耕。

出了村口，就看到三三五五的妇女，老人或是儿童散布在田垄间，妇女们穿着白色的衣裙，背上背着孩子，用一种很优美的姿势，一步一步地在踩着刚撒下种子的田垄。老人戴着纱帽，冒着一头汗珠，扶着犁柄，和蔼地叫前面的小孩子们用力拉。

这是一个晴朗的日子，当我们在田垄间走着的时候，敌人的飞机就曾好几次从空中掠过，但这却毫不引起在田里耕作的人们的惊惶。

我们一路谈着，慢慢地走近一个山坡，突然有两架敌人的侦察机飞来，不知它发现了什么目标，在距离我们约两公里的地方开始扫射了，我非常担心地回过头，看着那些在田里耕作的妇女、老人和儿童，但却想不到他们是那样的镇定、从从容容，不慌不忙地散开了，有的站在树荫底下，有的坐在土堆后面，愤怒的目光像无数把尖刀，随着无耻的敌机在打转。

敌机盲目扫射了一阵之后，飞走了，他们立刻就很快地回到田里，恢复了工作，仿佛刚才没有敌机扫射这回事一样。

"我们就是经常地这样和敌机作斗争的。"

文基玉在我身旁低声地沉重地这样告诉我，她的上齿正咬着下唇。

在归途中，我激动地这样想着——

熊熊的战斗的火焰啊，已经猛烈地燃烧在这个农村的一切人的心底了。

其实，这战斗的火焰，当我走进朝鲜的第一天，我就已经感觉到了。

我进入朝鲜第一天，宿营的时候已经是早晨四点钟了。我们在山坡下找到一个农家投宿，这一家听说是中国人，便立刻用最大的热忱来欢迎我们，并且让出热炕来给我们睡，我们再三谦让，但他们却热情而固执地不答应。

当我睡下的时候，我看清楚了，这家一共有六个人，一个七十来岁的老太太，一个四十多岁的妇人，三个十岁以下的孩子，另外还有一个十八九岁的少女，蜷伏在黯淡的灯光下，低着头在用心地急遽地翻着一本书。

我们在温暖的炕上一直睡到 11 点钟，醒来的时候，少女和小孩子都不见了。只有老太太在纺着纱，中年妇人坐在门边缝着一只袜子。炕脚下却睡着一个四十多岁的壮健的男子。由于我们的骚动，也把他闹醒了。

他揉了揉眼睛，立刻非常高兴地和我们握手，热情地说着朝鲜话。

经过翻译，我们知道他就是这屋子的主人，名字叫田永根，现在担任里人民委员会秘书长，老太太是他的母亲，中年妇人是他的妻子，少女和三个孩子是他的儿女。

"抱歉得很。"田永根很客气地说："昨天夜里送村子里几个青年参军，一直闹到天亮才回来，没有招待你们，真是……"

"昨天有几个青年参军？"

"三个，今天下午还有三个要出发。"

田永根接着很兴奋地告诉我们，他们村子里青壮年差不多全都参军了，田里的工作全是妇女们在做。他谈了一会儿，又向我们道歉，说是下午还要开会，他现在必须趁这个空去锄一锄地。说完就扛起一把锄头晃着宽阔的肩膀走出去了。

这时女主人给我们做好饭端了上来，我们一面吃着一面和她闲谈。从她的谈话中，我们知道她和她的丈夫都是劳动党员，原先是贫农，土改后分得了土地，她现在是里女性同盟组织部长。手里缝的袜子是要送给参军的青年的。晚上她还要领着村里的年轻妇女们去修一段公路。

吃完饭，我们又和她谈起她的大女儿来。提到她的大女儿，她脸上立刻浮上一层喜悦的光彩。

"很积极呢，现在做小学教员，不到天黑是不回来的。你看，这是她写的字。"

她随手递给我们一本书，那上面写着端正娟秀的三个汉字："田福女。"

这时门外忽然飘进来一阵孩子们的歌声，唱的是"东方红，太阳升"，调子很合拍，但字音却非常生分，显然不是中国孩子唱的。

我们推开门伸出头探望，原来是主人的三个孩子回来了，两个大点的孩子抬着父亲的锄头，一个小点的在后面蹦蹦跳跳跟着。这情形是很明白的，三个孩子帮着父亲在田里耕作，父亲开会去了，孩子们就抬着父亲的锄头回家。

女主人慈和地看着自己的孩子，一面却沉重地向我们说：

"在朝鲜，就连这样小的孩子们，都完全明白了谁是他的朋友，谁是他的敌人！"

下午，女主人又给我们做了晚饭，我们吃完以后，她就出去约村子里的妇女们修路去了。

晚上，我们出发了，这时田永根和他的女儿田福女都赶回来送我们，热情地帮我们搬行李，扶我们上汽车，和我们握着手，连那位七十多岁的老祖母也扶着门框，向我们招手，叮嘱我们回来时再住在她家里。

汽车在暮色苍茫中开动了，我们在车上挥动着手，高呼着刚学来的朝鲜话：

"大西蒙那不西大！"（再见）

当汽车转上公路的时候，我看见许多妇女在公路两旁走动着，有的头上顶着一筐碎石子赶着往前运送，有的坐在路旁挥动铁锤敲击大块石头。

我想田永根的妻子一定在这群女人里面，但到处都闪动着白色的衣裙，我没法发现她，我只看见铁锤敲击在石头上迸发出的火花。

这火花耀眼地四处溅射着，慢慢地我感到这火花不是从石头上射出的，而是从这些妇女们心底射出的，这火花射出了她们的悲痛、愤怒和仇恨。

现在，春天来了。

春天的朝鲜农村，是分外美丽的，杨柳的柔枝低吻着小溪的水面，游鱼在唼喋着柳叶。茅屋后都盛开着几树樱花和桃花，有时炊烟悠悠地飘荡在屋上、空中……一切都显得十分幽静恬美。

但是，今天，就在这幽静恬美的环境中，却熊熊地在燃烧着朝鲜人民的复仇的战斗的火焰。

朝鲜人民深切明白要永远保有这幽静恬美的环境，必须用自己的战斗火焰把敌人全部烧死。朝鲜人民也坚决地相信自己的火焰是完全可以把敌人都烧死的。

我看见了这火焰是如此普遍地燃烧在朝鲜的所有的大小农村中。

原载《战斗的朝鲜后方》，北京师范大学出版部

1951 年 8 月初版

民工队之歌

黑夜里，我们的汽车闭着灯，在朝鲜的弯弯曲曲的山路上前进的时候，往往可以碰上成群的大车，起初我们还以为是朝鲜的车子，但很快地也就明白了不是的，因为朝鲜老百姓是用牛拉车，而这却是骡马。还有呢，车上不时飘来了我们最熟悉的四季调的歌声——

> 夏季里，麦子黄，
> 民工队员上前方，
> 装卸车，运伤员，
> 抗美援朝保家乡。

> 秋季里，秋风凉，
> 装卸物资大家忙，
> 快把物资送前方，
> 战士吃了打胜仗。

听了这悠扬的歌声，我们知道了这是我们的志愿民工队。

当我们第一批抗美援朝志愿部队跨过鸭绿江的时候，我们东北的老百姓自动地组织了这个志愿民工队。他们雄赳赳地驾着自己的马车，挥动着手里的鞭子，"刷刷"的鞭声紧跟在志愿军的枪声后面，呼啸在鸭绿江上，呼啸在清川江上，呼啸在大同江上，呼啸在朝鲜的山沟中，呼啸在朝鲜的森林里。

就像他们自己所歌唱的，他们的主要工作，是装卸物资，运送伤员。在进行这些工作的时候，他们曾经遇上许多艰难困苦，但他们终于用自己的勇敢和机智，把这些艰难困苦全部克服过来，胜利地完成了自己的任务。

他们都是东北的翻身农民，由于他们都亲身经历了日寇十多年的残酷的统治和压迫，他们对美帝国主义正在走上日寇的道路要奴役全中国人民这一点，全认识得很清楚，为了保卫自己的胜利果实，为了保卫祖国的安全，他们自动报名参加了这个民工队。

在刚出国的时候，因为出发匆促，准备不够，就碰上了很多的困难，例如严冬腊月里，朝鲜气候比东北还冷，队员们衣服带得不够，在漫天风雪中，就不免挨冻受冷。夜晚工作，全身出汗，一停下来，汗又结成了冰，贴在身上，难受得要命。白天防空，得不到充分休息，夜晚工作时间往往在十小时以上，也容易令人感到疲倦。还有美国飞机疯狂地扫射轰炸等等。要这些没有经过战斗锻炼的农民们习惯于这种紧张的生活，当然是一件不容易的事。但是，他们终于战斗过来了，而且是英勇地、机智地、愉快地战斗过来了。

他们这种英勇、机智和愉快是跟他们对祖国的热爱分不开的，这具体地表现在对祖国物资的爱惜。当敌机轰炸扫射使我们物资起火燃烧的时候，他们竟如此的英勇，不顾敌机还在上空盘旋，就冲进漫天的烟焰里面去抢救。而当掩蔽物资的时候，他们又高度发挥了自己的智慧，创造出许多新奇巧妙的办法。当他们休息的时候，他们又如此的愉快乐观，亲切地和朝鲜老百姓谈着家常，帮朝鲜老百姓扫地担水，唱着他们自己编的歌曲。

是什么力量使得他们这样英勇、机智、愉快呢？用他们自己的话来说，那就是——

"为了祖国嘛！"

我曾经有一次和几个民工队同志在一个村子里住过两天，我深深体会到他们这种热爱祖国的精神。

就在我到达这个村子里的头一天的下午，我吃完饭走出房门，就看见一个壮健结实的中国汉子在扫院子。他一看见我就笑嘻嘻的点着头，像老朋友似的说：

"辛苦啦，同志。"

我从他的服装上知道他是一个民工队员，就跑过去拍着他的厚实的肩膀说：

"忙了一夜，还不歇歇。"

"没啥，给老乡扫扫地，没啥。"

这样，我们就开始了交谈，他告诉我，他是本溪县的人，贫农出身，今年一月来到朝鲜的，姓王，同志们都管他叫"小王"。

"你看，今年都二十六岁了，还管我叫'小王'！"接着他就哈哈地笑了起来，笑得是那样的天真、爽朗。

他很快地扫完了地，就一把抓住我的手，把我拖到屋角旁的牛棚下面，那里已经坐着三个民工队员，他十分热情地向我介绍了这几个同志——高个子老任，五十来岁的花白头发的老李，还有一个满脸胡子的老吕。

我们大家围坐在干草堆上，牛棚里面一头黄牛正在嚼着干草。

"你来朝鲜不久吧？"花白头发的老李这样问我，一面在石头上磕着他手里的小旱烟管。

我笑着点点头。

"好的，"老李点燃了他的旱烟袋，喷出一口浓烟说，"来到了朝鲜，这就是小赵常嚷嚷的：为什么抗美援朝就是保家卫国，甭说全都明白了。"

小王正在我的身旁，我看了他一眼，他又爽朗地哈哈地笑起来，高声嚷着：

"这还不明白么？朝鲜离美国那么远，地方又不大，美国干吗费这么大劲来抢占？还不是想要咱们东北，他是拿朝鲜来做跳板嘛。再说，你看，美国鬼子把朝鲜糟蹋成什么样了，烧、杀、淫、掳，那份儿残忍，是人都干不出的，要不赶快把他抵抗住，把他打垮，他到了咱们东北，还不是一样！"小王说得有点兴奋，便索性站了起来，"再说，人家朝鲜人民已经抗住了头一阵，他们抗美是为了自己，也是为了咱中国，咱们来援助他们，也就跟保卫自己国家一样，要是咱们不来援助，那才真是一个不够朋友的大糊涂蛋！"

我用心地倾听着小王的这一通谈话，我深深感到我在国内经常宣传的抗美援朝保家卫国的道理，爱国主义与国际主义结合的道理，理论搬弄得很多，但却远不如他这一番话来得具体、生动、透辟、有力。

"朝鲜老百姓也真行，"高个子老任两手抱着膝盖缓缓地说，"就拿我们住的一家来说吧，一个六十几岁的老大娘，儿子是个劳动党员，在撤退时被美国鬼子杀了，丢下一个媳妇和三岁的孩子，婆媳俩白天下地干活，夜晚婆婆带孩子睡觉，媳妇还去修公路，到一两点钟才回家。"

我听了老任的话，脑中就立刻浮起早晨在我的住屋里的对面屋子里看到的一位白发苍苍的老太婆，和一个三十来岁背着孩子的少妇的影子，便指着那所屋子问：

"是不是住在这屋子里的两位？"

"怎么不是，同志，"满脸胡子的老吕拍着我的肩头告诉我，"别看人家不分黑夜白天地干活，人家可一点不闹情绪，老大娘亲口告诉我的，只要有中国志愿部队，他们就什么也不怕，你说，人家这样相信咱，咱不好好儿干对得住人不？"

这时小王忽然像想起一件什么事，又哈哈地笑着嚷了起来：

"提起那个老大娘，可真有趣，前天我在山上给她拾了一担柴回来，她就一把抓住我的手，要我做她的'阿得儿'。"

大伙儿一听都哈哈笑起来了，同时告诉我"阿得儿"就是朝鲜话的儿子。

"对，"老任一下子跳了起来，"我还要给老大娘挑两担水呢，也让她要我做个'阿得儿'。"说着他就轻快地撒开大步走了。

"真的，啧，"老李点着头赞叹似的说，"在这里真就和在自己家里一样。"

多么健康乐观的情绪啊！多么深厚的中朝人民的友谊啊！我默默地这样想着。

后来又谈到他们的工作情形，一谈到工作，他们就越发的高兴了。

小王滔滔不绝地告诉我，说是他们刚到朝鲜来的时候，由于在国内听说美国飞机多，心里总有点嘀咕，夜晚遇到敌机，就不免有些慌张。但不久也就摸清楚了敌机没有什么可怕，它不敢低飞，怕步枪打，飞高了呢，看不准，扔下炸弹也不顶用，特别是在夜晚它就成了瞎子，连吓唬人的作用也没有了。照明弹呢，雪亮雪亮的，看起来怪讨厌，但只要你快一点冲过光圈，也就平安无事。

"有什么可怕呢？"小王喷着唾沫星子直嚷，"我们这一小队，来到朝鲜三个月，不但人没有一个伤亡，就连牲口也没牺牲一个。同志，你说，有什么可怕呢？"

络腮胡子老吕也兴奋地说："我们早就不把鬼子飞机放在心上了，现在我们是想法子怎么把工作做得更好，替祖国多出一把力，快点把美国鬼子赶下海去。"

看了他们这样高度的工作热情，我就故意地这样问："同志们，想不想家呢？"

"嘻，想个什么家！"小王伸手抹了一下鼻子，"出发的时候，上级规定我们只在朝鲜待四个月，现在我们是工作第一，只要把美国鬼子打走，就待四十个月也没啥。这几天我们各小队还在挑战应战呢。"

"喂，小王！"老李像想起了一件什么事冲着小王说，"你把你写的那支应战歌拿给这位同志看看嘛。"

天真爽朗的小王，这时忽然有些不好意思起来，红着脸笑嘻嘻地说道："没有看头，没有看头。"但也禁不住我们一再催促，他终于从怀中掏出一张满是皱纹的白纸，上面是一行一行的铅笔写的字——

　　　你挑战来我应战，

　　　　看谁能干不能干，

空口说话非英雄，
现场工作大家看。

分配任务没怨言，
完成任务在人前，
保证物资不损失，
隐藏起来看不见。

修桥补路平又坦，
工作时间不偷懒，
上级号召响应快，
事事都是带头干。

工作期限没问题，
一心解放全朝鲜，
胜利而来胜利归，
大朵红花戴胸前。

我们看着看着就唱了起来，小王也忘记了刚才的忸怩，就提高了嗓门嚷着，嚷得许多朝鲜小孩子都围拢来笑嘻嘻地看着我们，后来还拍着小手跟着我们唱起来。

这时晚霞布满西方的天空，衬着翠绿的山峦，显得越发美丽。我们乐了一会儿，大家就回去吃晚饭了。

晚饭后，月色很好，我想小王他们这时该出发了，便走到村口送他们，果然，他们正在套车子。

小王一看见我，就高兴地跑过来，亲切地向我说："你要是明天不走，咱们再痛痛快快地聊一聊。"

老李爱昵地看了他一眼，笑着向我说："小王的话三天三夜也说不完的。"

他们很快地便套好了车，跳上车辕，鞭子一挥，"嘟"的一声，牲口撒开了腿，车子就骨碌碌地跑开了。

"明天见。"他们在车上向我挥着手。一转弯，车子就消失在树林那边了。

只听见鞭声在夜风里"刷刷"地呼啸着。

我站在村口，在朦胧的月光底下，默默地这样想着：这鞭声曾经呼啸在鸭绿江上，清川江上，大同江上，不久之后，一定还要呼啸在汉江上，锦江上，洛东江上的。

原载《战斗的朝鲜后方》，北京师范大学出版部

1951年8月初版

朝鲜的夜和敌机的照明弹

在朝鲜，我们行军多半是在夜晚，所以朝鲜的夜对于我们是非常熟悉的。

假如要我简单说出我对于朝鲜的夜的印象，那么只要一句话就够了——

朝鲜的夜是美丽的。

汽车熄着灯，或者打着小灯用普通速度在公路上前进。公路是曲折的，变化的，有时沿着山坡，有时靠着峭壁，有时顺着河边，有时又驶进了田野，借着微弱的星光（要在月夜，那当然更好了），我们可以饱览朝鲜的山水。

未到朝鲜以前，听人家说，朝鲜处处都是山明水秀，到了朝鲜以后，就觉得说的人一点也没有夸张，疏疏落落的村庄、逶迤起伏的山峦、回旋曲折的河流、夹道垂杨的公路，处处都显得是那样的秀丽，那样的幽静，而又那样的壮伟。

特别是在夜里，我们在车上抬头向远处一看，碧海似的天空，抹上淡墨色的重叠的峰峦，峰峦之间有时嵌上几颗发亮的星星，这样，就使得这色调在柔和之中杂有明丽，当汽车爬进了深山，峰回路转，丛林中有时露出了古寺的一角飞檐，也使人起庄严肃穆之感。特别使我不能忘记的是过清川江的一夜，那一夜月色极好，一望无垠的沙子，闪着耀眼的银色的光辉。滔滔的江水，映着月光，江面上好像起伏着万道金蛇，汽车过了桥，我们回头一看，啊，多么的壮丽啊！这万道金蛇的背上又横卧着一条百丈长虹。

我们在车上，饱览着这一派景色，一面喝着水，吃着干粮，有时说说笑笑，有时计划工作，有时索性睡在车里记认天上的星辰。

当然，有时我们也得防空。

说到防空，我就必得补说一下，在我们进入朝鲜的头两夜，是并没有这样轻松愉快的，在国内，总听说敌人的飞机多，到夜晚，什么闪光弹啦，照明弹啦，乱扔一气，那时我们既不知道闪光弹如何闪法，也不知道照明弹是怎样照明，老实说，头两夜倒是有点提心吊胆的。

但走了两夜之后，我们就觉得敌人的飞机并不可怕了。飞机有是有，而且每晚总得碰上三五次，当我们在车上指点天上星辰的时候，往往就总听到高空有敌机"嗡嗡嗡"的声音，我们的司机只要一听到，就把车子停一停，仔细听听看看地面上既没有目标，它又飞得那么高，司机晓得它是"嗡"不出什么名堂来的，于是又开足马力，向前驰去，把这怯懦而又可憎的"嗡"声，不屑地丢在车屁股后面。

照明弹和闪光弹，我们也碰到过。

闪光弹敌人打得比较多，一闪一闪的，像南方闷热的夜晚天上打闪差不多。光度并不强，打的时候，只天边微微地亮一下，时间也很短，只得几秒钟。我们直到现在还不明白，敌人打这闪光弹有什么作用，光度那么弱，时间那么短，自己又飞得那么高，要想看看地面上情况，是无论如何也看不清楚的，然而每晚它仍不断地打着。我想来想去只给它想出了一个作用，那就是可能吓一下神经衰弱的人。

照明弹同闪光弹不同一些，打起来天空像悬挂着一盏很亮的灯，照着地面很清楚，时间也比较长，能延长到四五分钟。但是，它的光圈并不大，顶多二亩地，越过光圈就又是一片漆黑了。因此，它对于我们行军运输仍然起不了什么大作用，弹照在前面，我们就停一停再走，照在后面，根本就不睬它，如果照在头顶上，我们司机说"那就更好，借光，借光"，便开足马力冲了过去，等到敌机转过头来侦察的时候，我们车子已经越过光圈一二百米了。

照明弹对于我们都不起什么作用，那么对于我们志愿军自然更不起作用了。

底下这首"照明弹"歌，是我们工兵同志自己编的，他们一面修桥，一面就唱——

照明弹，

白扯蛋。

照得满地亮堂堂，

飞机还是看不见。

这边一梭子，

隔我几丈远；

那边一颗弹，

更是不沾边。

反而省我麻烦用手电，

既不跌跤也不危险。

桥上河边一样去，

搬运材料干得欢。

在这首歌里，充满了对于敌人的照明弹的蔑视，更充满了对自己工作胜利的信心。在现场上，到处都洋溢着起伏着这英勇愉快的歌声。

至于我们前线上的战士对敌人的照明弹更是极端蔑视，不把它当一回事的。有一次，我们和一个战士王守新谈到照明弹，他就笑着说："照明弹么，那给我们送蚊帐来的。你们知道不？投照明弹必须用降落伞，这样，它才可悬在空中。伞是很好的绸子做的，落下来，我们就用它改成蚊帐，上面还有十六根带子，我们就拿它扎脚，你看——"他马上撩起裤脚，指着缚在脚上的带子。"所以，每回敌人投下了照明弹，我们不但是不往回跑，反而冲着它跑去，一面跑，一面还喊：'敌人给我们送蚊帐来了。'不过可惜的是，敌人现在照明弹上的伞，不是起先那样雪白的绸子了，又黄、又粗，而且也投得少了，我们驻地，有时好几天看不到照明弹，可是还有许多同志等着做蚊帐呢。"他说到这里，我们都哈哈地笑了。

这就是敌人的闪光弹和照明弹对于我们志愿军所起的作用。

它妨碍不了我们战士作战，妨碍不了我们工兵修桥，妨碍不了我们的司机行车，甚至于妨碍不了我们在车上欣赏朝鲜的美丽的夜景。

王守新同志的话是对的，敌人的照明弹现在是投得比较少了。我在朝鲜一个月，只碰上过两次。一次是黄州附近，我们的汽车正在平坦的公路上奔驰，夜风拂在脸上，感到非常清爽。当我们听到敌机"嗡嗡"的声音的时候,照明弹就在我们头顶上亮起来了。我们的司机从窗口伸出头对它看了一下,就开足马力,冲出光圈。敌机在空中"嗡"了半天,什么目标也没有发现,就丧气地"嗡"走了。

另一次则是在我们回国的那一夜,那时已是和暖的春天了,我们的汽车在宜川附近的深山中盘旋着,苍翠的松树和红色的山花,浴在乳白色的月光里面,显得特别幽美柔和,花香不时扑来,令人感到十分凉爽,山脚下疏疏落落的村庄在月光下十分恬静,好像都入了睡乡,当汽车转过一个山峰时,我们就看见前面天空挂上了一颗照明弹,于是我们借着这个机会,下车休息了一会儿。同志们有的到溪水中去洗手洗脸,有的折来一大束杜鹃花,有的就在松树下面,看着这个照明弹由雪亮变成淡黄、深黄、赤红,而终于熄灭。

"这就象征着美帝国主义的前途!"同志中有人指着那颗即将熄灭的照明弹这样说。

这一夜两点钟的时候,我们的汽车驰上了巍峨屹立的鸭绿江大桥,在桥上,我凝视着桥那边的新义州,心里默默地这样想——

美丽的朝鲜的夜啊,你永远是美丽的!

原载《战斗的朝鲜后方》,北京师范大学出版部

1951 年 8 月初版

会见波列伏依

　　有一天下午，我遇见艾德林同志，他告诉我，打算介绍我和波列伏依同志谈谈，他并且可以替我们翻译。

　　这消息给我带来了很大的兴奋，我早就想见见著名的长篇小说《真正的人》的作者波列伏依同志了，何况这次又有苏联的著名汉学家艾德林同志给我们翻译，这机会更是难得。我感谢了艾德林同志的好意，并和他约定星期三上午一同去访问波列伏依同志。

　　星期三是 3 月 10 日，这一天天气很温和，路旁的积雪已经有些融化了，但街道却十分干净，许多清道的女工人正趁化雪的时候，在铲除路旁的积雪。

　　12 点钟左右，我同艾德林同志来到苏联作家协会。

　　走进大门，是一个很大的院落，正中是一座黄色楼房，两旁是两排平屋。艾德林同志引我向左边平屋走去。他告诉我这是苏联作家协会国外联络部，波列伏依同志就是这个部的负责人，又是苏联作家协会书记之一。

　　我跨进房门，首先就看见一个身材颇为高大像个工人模样的人，穿着一身灰色西服，在屋里来回踱着。他一抬头发现了我，还没有等得及艾德林同志介绍，便立刻像看见了多年不见的老朋友似的，热烈地用力地抓住我的手，几乎要把我拥抱起来。自然，我也就立刻知道这就是波列伏依同志了。

热烈，真诚，坦白，豪爽，这些字样我觉得还不能够恰当地形容出我当时对波列伏依同志的印象。当我被他拥进他的办公室以后，我已经沉醉在他那一团热烈真诚的友谊里面了。

我还没有来得及向他表示我对他的敬意，他就滔滔不绝地谈了起来。他十分自然地盘着一只脚坐在沙发上，一面好像怕我跑掉似的，紧紧地抓着我的手告诉我：他非常喜欢中国，喜欢中国的朋友，他有很多的中国朋友，像郭沫若、刘白羽等。他又亲切地告诉我，任何时候找他谈问题，他都是欢迎的。

他的热情的言语像流水似的泻出，使我竟没办法插进话去，于是我只好密切地注视着他，好容易抓住他说话换气的一个空隙，我便抢着表达了我对他的敬意，同时我也流水似的一口气地告诉他，苏联文学怎样极大地影响了并帮助了中国现代文学的进展，以及今天中国作家怎样在热烈地学习苏联社会主义现实主义文学的情况，他听了以后便谦逊地说：

"应该彼此学习，中国有悠久的丰富的文学遗产，而苏联有着较长时期的社会主义现实主义文学传统，应该彼此交流。"

由这里，我们便谈到接受文学遗产问题，他说，不重视自己国家的文学遗产是极端错误的，过去苏联无产阶级作家协会就有过这样错误的意见，列宁曾和他们作了不调和的斗争。从这以后，苏联文学工作者就用马克思列宁主义理论方法来从事自己祖国的伟大作家的研究，同时又创作文学作品宣扬祖国的伟大的历史事件和人物，像俄国历史上著名的农民起义领袖斯捷潘·拉辛、普加乔夫，著名的抵抗外族侵略的将军苏沃洛夫、库图索夫等，都已经写成小说、戏剧或编成电影。在这里，波列伏依同志着重地引用了毛主席的"剔除其封建性的糟粕，吸收其民主性的精华"两句话，他说这应该是我们研究分析古代文学作家和作品的指针。同时他告诉我，苏联作家现在正以极浓厚的兴趣在学习研究毛主席的著作。

因为他很忙，我虽然愿意和他多谈一谈，但又怕耽误他的时间，当我刚把这意思表达出来，他立刻使劲地抓着我的手，爽朗地大声地笑着说："没关系，没关系，无论我怎样忙，接待中国朋友，我总是有时间的。"

这真挚的话语里面，洋溢着中苏人民的深厚友谊，使我激动得半天说不出话来，我当时已经无法表达我这种激动的心情，我开始感到人类语言的不够应用了。

于是我们又坐下来谈论苏联文学和中国文学的一些问题。

他告诉我，在作品中，正确地贯彻党的政策，是苏联作家的历史传统，现在苏共中央号召提高农业生产，苏联作家便以实际行动响应这个号召，有许多作家已经深入农村去了。说到这里，他特别强调一个作家深入群众深入生活的重要性，他说："一棵树要想长得茂盛，必须把它的根深深地伸进土中；一个作家要想写出好作品，就必须把根深深地钻进人民里面。"接着他又幽默地说："如果坐在汽车里，依靠司机把你伸进群众中，那可是不行的。"我们听着都哈哈地笑了起来。这时艾德林同志告诉我波列伏依同志就是深入农村深入生活的一个作家，他在卫国战争中，不仅是一个记者，并且还是一个战士，曾经拿枪打过仗，他自己就是一个上校。

这时，他接着说，一个作家深入生活后，首先应该多写特写，把刚发生的有教育意义的事件很快地报告给群众，有些作家瞧不起特写，是不对的。他着重地说："作家应该和报纸有密切联系，写出特写，就在报上发表出来。"我听了这话，当时就想到我们中国作家和报纸的联系实在太不够了，如何加强，我想这是我们作家和报纸编辑部双方都应该注意的。

在谈话过程中，他说得兴起的时候，一面抓住我的手不放，一面不歇气地说下去，以致艾德林同志都无法进行翻译。有一次，艾德林同志拦住他的话头说："你得留个空儿给我翻译呀。"他就不好意思地天真地笑了，立刻从沙发上跳了起来，跑到屋角去看壁上的油画，让艾德林同志给我翻译。

我看了这一天真淳朴的动作，禁不住要喊出来："这是一个多么可爱的人啊！"

当我起身告辞的时候，我告诉他，他的《真正的人》在中国读者中起了极大的教育作用。他谦逊地说："这功劳不能归我，而应该归于'真正的人'。"接着他又告诉我，那个"真正的人"现在在一个大学做研究生，已快结业，并已提出科学论文，至于那慈祥的老医生，则不幸已于去年逝世了。

我和艾德林同志走出作家协会，温暖的阳光晒在我们身上，艾德林同志手里拿着波列伏依同志刚才送给我的那本近作——《现代人》，向我说："你们谈得很愉快。"

我笑着模仿波列伏依同志的语气道："这功劳应该归于您的翻译。"

艾德林同志也天真地爽朗地笑了。

《光明日报》1954年4月24日《文艺生活》专栏

谒列夫·托尔斯泰故居

　　莫斯科的春天虽然来得很晚，但是来了以后，却又快得很，光秃秃的树枝，不过三五天光景，就已吐出嫩绿的新叶，远远看去竟是一片葱茏了。

　　就在这样一个春天——5月9日的早晨，我们一行四人坐了一辆小汽车，到列夫·托尔斯泰故乡亚斯拉亚·波利亚拉村去。

　　汽车出了市区，便向通往图拉的公路上驶去，公路全是柏油路，整洁平坦，汽车以一小时七八十公里的速度飞奔着。公路两旁连绵不断地出现许多集体农庄庄员的精致的住宅，面临公路的玻璃窗，全是雕花窗棂，窗内低垂着雪白的桃花窗帘，深红浅绿的盆景花草掩映在窗帘里面。有的窗帘打开了，便可以看到屋里挂着的各种鲜艳颜色的纱绸灯罩。这样玲珑美丽的玻璃窗布满在我们的全部行程——二百四十多公里的公路两旁。我在车里简直看得出神了，我仿佛觉得这些无穷无尽的美丽的玻璃窗都在闪着温柔的微笑，向我亲切地用无声的言语述说它们主人的幸福、美满和快乐。这时我忽然想起托尔斯泰一生都是非常关心农民的，但是，今天苏联农民这样美好的生活，却是托尔斯泰做梦也不曾想到的。于是，我又很自然想起列宁论托尔斯泰的两篇著名的论文，在这两篇论文中，列宁对托尔斯泰的艺术成就曾予以极高的评价，而对他的思想学说的空想的反动的一面，也给了极其严正的批评。

一路上，这些飘忽的没有系统的联想在我脑中翻来滚去，汽车却已经走了三个小时了。过了图拉，不到半点钟，我便看见路旁矗立着一座托尔斯泰半身塑像，汽车就从这塑像面前转到另一条路上。司机同志告诉我，一会儿就要到亚斯拉亚·波利亚拉村了。

五分钟后，汽车停在一个古老庄园的门口，这就是被列宁称为"俄国革命的镜子"的伟大的天才艺术家托尔斯泰的故居和他的坟墓所在地。

庄园门外停放着很多车辆，人们络绎不绝地从各地来到这里，瞻仰这位世界文学巨人的故居。

我们走进大门，首先看到的便是左手的一口很大的池塘，岸旁有几株倾斜的老树，嫩绿的新枝低吻着水面，水色十分清碧，里面似乎还有游鱼。翻译同志告诉我，托翁幼年常在这池塘洗澡。我在岸旁徘徊了一会儿，凝视平静的池面，天光云影，仿佛托翁的声容笑貌已在自己的目前。

离开池塘，沿着一条沙石路前进，两旁全是高大的树木，把沙石路变成了一条长长的甬道，显得十分幽静沉寂，微风吹来树叶和野草发散出的清香，树上间或有一两声鸟啼，令人仿佛走入诗境。右手一片树林，托翁生前常在林中散步，现在树木都已经长得数人合抱了。想起这些树木都曾被托翁亲手抚摸，不禁悠然神往。

树林中也有一些较小的树木，这是 1920 年列宁参观莫斯科托尔斯泰博物馆的时候，在照片中看见树木有的已经枯朽，吩咐负责保管的人补栽的。列宁对于文化遗产异常重视，1921 年即手令加里宁将这庄园收归国有，改为博物馆，并命令加意保护。而在沙皇时代，托翁妻子索菲亚夫人要求政府把这庄园收归国有，以便保存，并供后人瞻仰，沙皇政府却一直未允许。

走完树林甬道，我们便来到一幢白色楼房前面，这就是托翁住了数十年的故居了。面临这用了六十多年的劳动给人类文化增添了无限丰富财产的艺术大师的工作地，我的心情便不自觉地有些肃然起来。

翻译同志接洽好一位保管人员给我们作向导，我们便走进这所楼房。

进门是一间不大的屋子，后壁立着两张书橱，放着一些英、法文书籍。旁边还有一张小玻璃橱，陈列着几支猎枪，托翁早年喜欢打猎，壁上嵌着一个鹿头角，便是他狩猎所获。晚年素食，便不再打猎了。

从屋的左边上楼，经过一条短狭过道，走进一间很大的房子，这是托翁的餐厅和会客室，一切陈设都按照托翁生前情况布置，连餐具也都照旧。壁上悬挂油画像五幅，两幅是托翁自己的像，其他三幅为托翁的次女、三女和索菲亚夫人。室中又有两架大钢琴，托翁自己能弹琴，也喜欢听音乐。常有音乐家来此演奏，他经常坐在门边一张长靠背椅上聆听。列宾曾为他画了一幅听琴图，描摹托翁听乐神情，栩栩如生，真是画工之笔。现在这张长靠背椅还是按照列宾所画的方位陈列着。

长靠背椅旁边的门是通向小客厅的，托翁在这屋中工作几达二十年，处女作就是在这屋里写的，索菲亚夫人给他抄写《战争与和平》也是在这屋里，屠格涅夫也曾在此屋朗诵自己的作品。

再走过去是托翁的书斋，书桌上陈设的文具、稿纸等等，一如托翁生前原状，桌上两支白蜡烛，只点了一半，这还是托翁亲口吹熄的。壁上挂着很多照片，其中有托翁和农民们谈话，工作时的照片七幅。书斋门外有月台，面临一片花圃，里面长满绒毯般的青草和一些不知名的黄色野花。花圃过去，便是树林，一眼看去，只见一片阴阴翠绿。据说托翁休息时常在这月台凭栏远眺。我们在上面徘徊了一会儿，四周环境确是十分清静，如果月夜临眺，当更幽美。

再进便是寝室，床上有索菲亚夫人手织的睡毯，壁上挂着托翁的衬衣和毛衣各一件，盥洗柜下放着一对铁哑铃，看来托翁还是经常作体育运动的。柜旁挂着手杖和马鞭等。

出寝室，便走进索菲亚夫人住室，室甚宽敞，壁上悬满照片。夫人是1919年才去世的。

接着我们又参观了秘书室和藏书室，托翁藏书凡二万三千余册，其中有一万四千册有托翁亲笔批注，这些书都另藏别处。这里只陈列着两大厚册目录，供人翻阅。管理人员告诉我，托翁晚年对中国哲学极感兴趣，他通过外国文译本读了很多中国古书，如四书、五经、老子、庄子等。在他全集第四十三卷中曾引用孔子十八句，老子三十五句，四十四卷中有关于孔子、墨子的介绍。1906年曾和辜鸿铭通信，此信已刊全集。他晚年也非常向往中国，曾对人说，如果自己还年轻，一定要到中国去看看。

出藏书室便下楼，楼下最东头的一间屋子，原先本是仓库，后改作住室，故屋顶仍作圆形。托翁曾在此工作二十年，他的天才巨著《战争与和平》就是在这屋子里写的。

由此屋回转身往西是客房，屠格涅夫、高尔基均曾于此下榻。《安娜·卡列尼娜》即写于此室中。再西一室，便是托翁死后停放遗体的地方了，南向一门通花圃，托翁棺木即由此门抬出。

托翁去世时，各地来此凭吊者，凡万余人，这在沙皇时代实在是一件极不平常的事，由此也可见这位文学巨匠的艺术创作是怎样感动人心了。

托翁是 1910 年去世的，其时已是八十二岁的高龄，他一生关心农民生活，晚年思想更进一步，毅然决然反对土地私有制。不断地帮助农民，并为农民写作。他经常在住宅前那株"贫树"下面和农民谈话，并邀请农民到他家里。因为索菲亚夫人不愿意农民的泥脚沾污客厅的地毯，他就特地做了一个楼梯从后门直通书斋，让农民直接找他。然而，托翁这样关心农民，他却无法解决广大俄罗斯农民的实际问题。这原因便是如列宁所指出的：托尔斯泰"一方面揭发资本主义及其带给群众的苦难，另一方面对于国际社会主义无产阶级所领导的全世界解放斗争，却抱着完全冷漠态度"。正由于此，他晚年思想便陷于"绝顶矛盾"之中，他无法找到出路，也就无法安心，苦恼焦忧，达于极点。于是在一个严冬的夜里，10 月 28 日，他一人从后门出走。八十二岁的老人当然经受不了俄国那样的严冬酷冷，终于在阿斯塔波伏小车站上病倒，11 月 7 日，这位世界文学巨人便与世长辞了。

列宁在论述托翁思想矛盾之后，又曾特别指出托翁在文学上的伟大的历史意义。他说："作为一个发明拯救人类的新的药方的先知，托尔斯泰是可笑……作为俄国千百万农民在俄国资产阶级革命到来时所具有的思想和情绪的表现者，托尔斯泰是伟大的。托尔斯泰是富于独创性的，因为他的观点的总和虽然整个说来是有害的，却恰好表现了我们的革命，即农民资产阶级革命的种种特点。从这个观点看来，托尔斯泰观点中的矛盾，的确是我们革命中的农民的历史活动所处的各种矛盾状况的一面镜子。"又说："作为艺术家、思想家和说教者的托尔斯泰，主要属于1861—1904年的时期，把整个第一次俄国革命的历史特点，它的力量和它的弱点，非常突出地显示在自己的作品里面了。"列宁的这些话，可以说是托翁的"盖棺定论"了。

我们参观了托翁故居全部之后，便出门走向西北的森林中，去谒托翁的坟墓。森林极为稠密，树木也很高大，新叶已经能够遮蔽日光。我们沿着林中曲径缓缓地走着，清风吹来，倍觉静穆。约莫走了十多分钟，在一处溪壑回环的地方，几株大树底下，有一堆长方形的土冢，这便是托翁的长眠墓地了。树上挂着一块说明牌，大意是说这是托翁遗嘱中指定的墓地，并说遗嘱中曾叮嘱家人不要厚葬，只须一具普通棺木，坟墓也无须装饰，更不要碑铭。现在坟墓的样式便是遵照他的遗嘱办理的，仅在墓的周围用普通树枝疏疏落落地编了一道短篱，用以护墓，此外一切都十分淳朴，自然。

我们在墓前默立了几分钟，缅想这位文学巨人的生前理想，以及他因此致死的矛盾苦恼——土地私有制度的不合理的问题，今天在他的祖国苏联都早已彻底解决了，今天他的祖国的农民正过着人类历史上从来不曾有过的幸福生活，并且大踏步地向共产主义社会迈进。托翁是可以安眠地下了。

今天苏联人民和政府对于自己祖国文化遗产的重视，是世界上任何国家所不能比拟的。托翁故居在卫国战争期间，曾被德寇毁坏一部分，但是赶走德寇之后，苏联政府就立刻把它完全恢复起来，现在已经看不见一丝战争痕迹了。对于托翁遗著的编印整理，更是不遗余力，除不断出版各种不同版本的遗著之外，又集中许多学者编纂托尔斯泰全集，全部九十一巨册，现已出七十余册。

参观完毕，略事休息。当我们踏上归途已是下午 5 时左右。这时沿途集体农庄的男女庄员已经做完了一天的工作，大家聚集在住宅门前的空地上，老年人坐在安乐椅里絮絮闲谈，年轻小伙子有的打球，有的跳舞，姑娘们穿着漂亮的绸衣，在树荫下迎风歌唱，孩子们蹬着三轮脚踏车，在比赛谁蹬得快。

这些美满生活的生动的画面，像电影无数镜头似的，一个连着一个延绵不断把我一直送到莫斯科市区。

原载《人民文学》1954 年 7 月号

留别诸生并兼以自勉

无端匝地起罡风，一树奇葩幻落红。

早把横眉轻腐朽，最惭吞泪对生童。

孤军坚守休心怯，嚼火成燎转气雄。

遥指长天云正黑，相期共不负初衷。

1941 年于四川郫县吉祥寺

来城固谒黎邵西师

违帐三年百未成，支离愧说郑君门。

舞台粉墨劳京话，歌树丝弦唱国音。[①]

经世文尊方志议[②]，救时心寄注音文。

明朝又有关山役，依峦师门未忍行。

1941 年途经城固时作

---

① 作者注："在川主戏剧音乐学校教务，厉行国语训练，每有演出均博佳誉，盖本诸师训也。"

② 作者注："师近著有《方志今议》一书。"

祝北平师范大学卅九周年暨
西北师范学院兰州分院开学纪念

匝地胡尘几播迁，甄陶依旧敢龙潜。

春风此日来秦陇，化雨当年想蓟燕。

海峤赓歌绵卅九，瀛园祝嘏倍三千。^①

伫看北定河山日，厂甸欢开四秩筵。^②

1941 年于兰州

---

① 作者注："毕业生达六千人，散布海内外。"
② 北平师范大学原校址在北京厂甸。

高阆仙师捐馆舍
三年肇仓有诗志哀感和二首

一老莲池延绝学，遥从燕市接乡风。[①]

传经当日翻词峡，问字今朝泣闷宫。

已有文章垂宇宙，竟无子嗣问穷通。

矜才深愧师门诲，彩笔而今梦更穷。[②]

文章天下说桐城，姚马陈方墓草生。[③]

犹幸莲池绍绝学，那堪燕市陨文星。

空疏只可讥摹古，根柢何曾废诂经。

乡学师传均未得，江河怅望意难名。

1941 年于兰州作

---

① 作者注："吾邑先辈吴挚甫先生晚主莲池书院，师著籍门下称高第弟子。"

② 作者注："少作喜矜才气，师尝以为最。年来奔走，学殖荒落，且盖此而无之矣！追怀诲育，更深怆恻！"

③ 作者注："姚仲实、马通伯、陈澹然、方伦叔四人皆桐城学者。"

振华将之城固书怀

风雪边城暗别情，三年苦斗各抒诚。

已无净土容歌哭，幸有新芽好植营。

枷舞敢辞文士志，群飞更固圣人心。

临歧期守当年约，天下英雄操与君。

1941 年于兰州

长沙第三次大捷步肇仓韵

名将由来艳称薛，阵如盘石心如铁。

电书一夜达中枢，黎明又报长沙捷。

遮湘蔽岳倭奴兵，铁鸟甲车声欲裂。

将军指挥若有神，登陴不教金瓯缺。

四门如山屹不动，东西南北迎头截。

炮烟争共白云飞，刀锋红透仇雠血。

老师邢可长相持，铁铸一心胜负决。

追奔风撼洞庭涛，陷阵山崩湘水咽。

愁云黯黯天地昏，鼠窜无门困鲋辙。

宇内腾欢海外惊，还期早定平戎策。

1941 年于兰州

新春郭子藩招饮因游金天观观壁画

握桥桥畔峙金天，小饮闲游结胜缘。

拔地楼台传肃邸，参天古柏说开元。

丹青两壁一千尺，图绩三清四百年。

莫恨画工无姓氏，名篇从不借人传。

1942 年于兰州

春日城中小住步行由
小西湖至七里河乘皮筏渡河返校

步履城郊远市娃，风光仿佛忆京华。

残堤犹舞三眠柳，旧圃仍飞百树花。

傍水平添新贵宅，寻幽还询老农家。

羊皮筏子随波泛，缓缓风来水面斜。

1942 年于兰州西北师范学院

年未三十白发日增感赋

而今真个鬓如霜，犹逐春光日日忙。

作戏逢场聊复尔，著书积习总难忘。

一无用处真成废，漫不经心且学狂。

怒骂笑嬉恣快意，呼牛呼马只装佯。

1942 年于兰州

癸未诗人节追吊屈子适闻鄂西捷音

灵修浩荡弃封疆，斫地呵天志亦伤。

漫道诗人多蹇厄，只缘文士自贞良。

沙潭风飒灵旗卷，郢邑云飞画戟扬。

鼓角招魂翻别样，楚些声里下渔阳。

滋兰树蕙写情深，一卷离骚赤子心。

泽畔至今挥客泪，江流终古咽哀吟。

千年碧血应难灭，九死丹忱未易沉。

总辔扶桑同此志，羞觞今日献俘擒。

1943 年于兰州

有感柬肇仓

横来风雨腾谣诼，到处群飞欲刺天。

京派傍门夸古史，胡儿左道托玄篇。

莫惊十里无芳草，且喜长河有橹船。

蝼蚁神龙原本判，与君相对一陶然。

1943 年于兰州

离兰州作

南北东西笑孔丘，枣花香里买归舟。

牌楼今已有三易[①]，蜗角何期竟两秋。

狂态自知难偶俗，豪情犹复笑封侯。

书成廿卷千毫秃[②]，纵使名山也白头。

1943 年于兰州

---

① 作者注："师院牌楼圮而复建凡三易矣。"

② 作者注："来兰后写成《中国文字形体变迁考释》十五卷，《文字学形义篇》
三卷、《度陇集》一卷、《无闷词》一卷。"

新春有怀秀生闽中

四海知交独秀生，旧游踪迹忆弥新。

皖江烟雨清秋冷，北海莺花上已明。

万里家山同梦想，七年心事两消沉。

悬知短句陈吟榻，又是千山杜宇声。

1944 年于四川江安

口占赠白尘

面迎现实意飞扬，刀下磨成白炼钢。

蹇厄何曾摧傲骨，坚贞从不负文章。

冷然怒指群魔鼻，莞尔高歌陌上仓。

长忆岁寒同凛节，萧萧古寺说春阳 ①。

1944 年于成都

---

① 作者注："二十九年至三十年间，与君共事郫县吉祥寺四川省立戏剧音乐学校，寒冬风雪，古寺萧然，怅念阳春，俱深感慨，其时君正拟作《大地回春》剧本，围炉啜茗，辄取其中故事人物与予及盛亚兄讨论。"

题丁聪画展

爱憎分明绿色间，只揭现实耻悠闲。

笑他写景丹青手，不画人民画远山。

血泪文章血泪诗，收来尺幅两兼之。

莫从笔底求闲适，此是人民一画师。

1944 年于成都

甲申岁暮呈圣陶先生

年年歌舞话临安，风雪萧萧岁又阑。

万里寒云盲百姓，一天浓雾舞千官。

说经肯把真经昧，执笔还思曲笔难。

我欲携樽求解惑，世途是否醉乡宽？

1944 年于成都

丁聪绘现象图嘱题即取图中之意作歌

现象多幂幕，往往使人惑。

小丁抉入画，历历便如活：

展卷昂藏一报人，蒙目塞口徒具神；

画末伏案乃学子，口封目语无吟呻。

着爱憎，匀丹黄，其中万象森光芒：

汽车隐约两佳丽，风驰电掣尘飞扬。

尘中幢幢如鬼影，肩挑手挈皆流亡。

道上战士亦复冻且馁，

却看官持霉布鼠食粮。

募金赈款争夺耳脸赤，

谁念湘桂军民多死伤。

死伤幸免来后方，街头求业典衣裳。

欲近显者摇手拒，徽章罗列官而商。

挽臂有女毋乃娼？掩鼻而过伤兵旁。

谁芳复谁臭，此事费平章。

直笔曲笔两俱难，憎如偷儿脑已伤。

不见其旁有只眼，虎视眈眈尺度量。

何如闭眼画黄狗，斯世只此是琳琅。

不然且去"安乐寺"，偌大乾坤袖里藏。

黄金美钞囤积足，肥头胖耳多脂肪。

精研学术如自戕，请看教授手提筐，

佣工女仆乳母一身任，犹且不得果腹敢求鲂。

呜呼！

现象百孔复千疮，收卷掩涕心皇皇。

我欲摹印千万张，遍悬通衢告蚩氓：

现象如此不可长，群起改革毋彷徨！

　　　　　　　　　　　　　　1944 年于成都

题白尘兄《升官图》剧作

其一

现象今又见官场，直欲南亭俯首降。

多少伤心多少泪，嬉笑怒骂化文章。

其二

魑魅魍魉作人声，妖镜显来尽现形。

如此官场如此戏，是真是假问诸君。

1946 年 5 月重庆上演《升官图》时作

闻李公朴先生被刺书愤

一天浓雾群魔舞，暗杀追踪纳粹营。

滇海枪声惊世界，不寻线索也分明。

长安滇海有渊源，沧白堂前较场边，

白昼杀人呼啸去，厂威早迈魏忠贤。

一枪果可威民主，希墨如何被极刑。

铁腕如林举全国，请看无数李先生。

1946 年于重庆

悼闻一多先生

象牙塔里几悠悠，参透玄虚便不休。

一击回戈真"逆子"，现身说法到街头。

掀髯笑指群魔鼻，看你横行到几时。

枪起无声穷主使，元凶还是法西斯。

李杜诗篇王段学，更将热血为人民。

儒林文苑复忠烈，万口传歌有定评。

1946 年于重庆

第三辑　其他

《中国文字形体变迁考释》自叙

民国廿三年秋，予就学故都北平师范大学，从吴兴钱先生玄同，湘潭黎先生锦熙习文字文法之学，心焉好之，问业之暇，辄欲纂集甲骨金文匋钵篆隶汇为一编，穷其形体变迁，究其义训朔始，撰中国文字形体变迁考释一书，以供从事国字改革者之稽考，更欲借以籀绎殷契卜辞，周金铭文，旁及古籍，探古代词句文法之源，撰古代文法通纂一书，以资倡导国语文学者之借鉴，然自维学力未逮，不敢率尔，此志谨藏之中心而已。

廿五年冬，黎先生以三百篇虚助词释稿片一束见授，令为缮定，则大喜，以为向者之志，此其发轫也。课余撰集，凡七阅月成"其"字、"彼"字、"匪"字、"不"字、"丕"字诸篇，方术既明，写定可待，而倭寇侵侮，七七事起，间关走出，稿片遂散佚不可复问。

其年冬随校播迁，由西安而城固，日从事宣传抗战，殊渺暇晷，益以行箧无书，此事遂令作废。翌年入川执教，课务丛脞，更未遑及此，荏苒三载，罕所成就，然而向者之志，终未渝也。

去年春来乐山，得同里朱先生光潜之介，因获尽观武汉大学所藏甲骨卜辞铜器铭文诸书，乱离睹此，喜出望外，乃决将文字形体变迁考释一书先事写成。遂排除他务，发愤键户，摹写迻录，参证考订。书为武大所无者，则辗转搜求假之他处，历时八月，稿乃粗具，秋应西北师范学院之聘来皋兰，复事董理缮定。又十阅月，全书始成。积年宿逋，一日偿清，虽属覆瓿，亦颇自喜。

于时抗战军兴，已及五载，而故都昔时从钱黎二先生问业之所，今为犬羊窟穴，钱先生以忧时谢世，且四年矣，是区区者，竟不能获其一正，缅怀畴昔又不禁怆然以悲也。惟幸黎先生康强犹昔，腰脚日健，本书之成，多得指谬，而赓此拟撰之古代文法通纂，犹获从容请益，是则又私衷所引为庆慰者矣。

书既成，爰识其缘起如上，至其旨趣，具在例中，不复赘述。

中华民国卅有一年除夕，叶鼎彝叙于兰州国立西北师范学院。

《明代特务政治》绪言

要明白明代特务政治为什么特别发达，这得先从明代政治的极端中央集权化说起。

在中国历史上，明代是实行中央集权最彻底的一个朝代了。别的方面姑且不论，单就官制这点来看，废除宰相制度，便是极明显的例子。

宰相的职务，在明代以前的每个专制王朝时代，都是统率百官，综理机务，职权是相当大的。在一定的限度以内，他还可以稍稍牵制帝王们的独断独行，使极端专制独裁的政治得到一点调剂，稍稍削减皇帝的一点权柄，虽然这削减少得可怜。

但到了明代，连这点少得可怜的权柄都不愿削减了。明代第一个皇帝朱元璋获得元王朝政权以后，起先也曾依照元朝旧制，设立中书省，有丞相等官。但不久以后，他就感到宰相权柄太重，不大放心，便在洪武十三年以丞相胡惟庸造反为借口，就"罢丞相不设，析中书省之政归六部，以尚书任天下事，侍郎贰之"①。这样一来，宰相的职权，便分散在六部，而由皇帝来总其成。所以明代的中央集权不仅是集权于中央政府，而是集权于皇帝一人，是十足道地的独夫政治，一切政务全取决于这个独夫，

———————

① 《明史·职官志一》，卷七十二。

这集权是"集"得再彻底也没有了。

至于朱高炽以后的"内阁"，其职权表面看来好像和前代宰相有相同之处，以致后人称为"无宰相之名，有宰相之实"，但实际上却并不如此，黄宗羲说得好：

> 或谓后世之入阁办事，无宰相之名，有宰相之实也。曰：不然，入阁办事者，职在批答，犹开府之书记也。其事既轻，而批答之意，又必自内授之，而后拟之，可谓有其实乎[①]？

既然没有宰相，全国所有的政务都集中在皇帝一人身上，无论这个皇帝是怎样的敏捷果断，精力过人，要想完全照顾到，还是绝不可能的。于是他就不得不找一些亲信心腹来帮忙处理。但是朝廷大臣既不被信任，他要找亲信心腹，就只有在自己生活圈子里去找。而宦官正是一天到晚跟在他身边，和他生活在一起的人，这样，当然就非常容易的寄以心腹之任，叫这些宦官们帮忙了。这一帮忙，政权便自然而然的落在宦官手中。这些宦官便是明代所称的"司礼太监"，他们才真是"无宰相之名，有宰相之实"的。黄宗羲曾慨叹地说过：

> 吾以谓有宰相之实者，今之官奴也。盖大权不能无所寄，彼宫奴者见宰相之政事坠地不收，从而设为科条，增其职掌，生杀予夺，出自宰相者，次第而尽归

① 《明夷待访录·置相》。

焉。有明之阁下，贤者贷其残膏剩馥，不贤者假其喜笑怒骂，道路传之，国史书之，则以为其人之相业矣。[1]

国家大政既然操在独夫的宫奴手中，内阁六部都俯首听命于这独夫的宫奴。独夫政治发展到这样局面，可以说是登峰造极无以复加了。而随着这局面而来的，便是特务制度的产生，再随着这局面的演进，这特务制度还要发展、加深、扩大起来。这原因是——

第一，独夫既然不信任大臣，而把政权交付他的宫奴，他必然对大臣要由不信任而不放心起来。而大臣们自然也因为太看不下去或是争权而要说些闲话，至少在背后也不免要"诽谤"几句。这对于独夫及其宫奴自然是不敬的。开头的时候独夫当然是临之以威，用鞭笞屠杀来镇压，但这终究不是长久之计，而在背后诽谤他也无法知道，于是调查、侦察的办法，自然就要被采用。

第二，独夫独裁到了这种局面的时候，他的专制权威必然是不容有丝毫伤损的。朝廷之上，他自己可以控制，但是朝廷外面，这权威是否受到损害，独夫及其宫奴深居宫中，是无法知道的。这就必然要派人出来秘密侦察，寄以耳目。

第三，独夫独裁政治到了最厉害的时候，他不但对臣僚不放心，对天下所有军民他全是不放心的。他必须经常知道外边军民的一切情形和动态，以便设法统治，于是特务调查制度也必然要严密地建立起来。

---

[1] 《明夷待访录·置相》。

由于这三种原因，明代的特务制度就空前地发展起来了。这一发展，结果自然是造成更严密的统治，而这严密的统治又反转过来刺激特务制度的扩大、加强、深化，于是这特务网就自然的逐渐遍及全国——至少也得要遍及于独夫所在地的附近各省。

特务制度既然建立，那么负责主持这特务机关的头子们，自然更必须是独夫的心腹，于是这责任又自然而然的落在宦官及一些极少数的佞幸身上。所以明代所有的宦官全都负有特务的任务，便是这个道理。

这就是明代特务政治特别发达的主要原因。这原因说明了特务政治是独夫独裁极端化的结果，特务和独裁是结下了生死不解之缘的。

明白了这个"生死不解之缘"，底下便要分门别类的叙述明代特务政治的全貌。

《中国文字与中国社会》序言

　　过去研究中国文字的人，是把文字当作研究中国古书的工具，管它叫做"小学"，附在"经学"范围之内，从不把它当作一种独立的学问来看待，这见解当然是很可笑的。后来呢，大家也明白了文字不仅仅是研究古书的工具，它本身就是一门科学；同时也发现了中国文字的繁难，成为普及文化的障碍，必须着手改革。于是便把它独立起来探讨研究，这是一个大大的进步。三十年来，这种研究工作是有着一定的成绩的。

　　不过文字也和其他学术一样，要想指出它的将来方向，必须先明白它过去的发展，而这发展却又不是孤立的，它是社会发展的一个反映。所以要想弄清楚中国文字的发展，必须要从中国社会发展中去寻找。如果不这样，那就只是一堆庞杂的材料，最多也只能说明文字是这样发展的，而不能说明为什么是这样发展的。现在从事这样研究工作的，似乎还不很多。

　　这本书就是这种研究工作的一个试验。

　　对于这一试验，我在这里要简单说明一下的，便是我对中国古代社会性质问题的看法。

　　中国古代社会性质到今天还没有定论，意见分歧之点，主要的是在西周，有的说是奴隶社会，有的说是封建社会。我个人在目前是主张前一说的，理由证据这里也无须多引，单就文字形体变化来看，西周文字结体多同殷商甲骨文，如果当时社会性质有了变化，是不会有这种现象的；而春秋战国之际文字变化的剧烈复杂，恐怕不能没有它的社会性质变化的基础。所以我在本书中就根据底下的主张撰写叙述：即殷商西周是奴隶社会，东周以后是封建社会。当然，这主张也只是在没有定论之前的一个假定，还有待于各方面的探讨研究，我并没有把它当作定论的意思。

还有呢，这本书不过是这种研究的初步试验，我之所以敢于贸然付印，主要的目的还是在希望引起搞文字学的朋友们对这方面的注意。不过既是试验，又是初步，自然也就不免粗糙，不妥当和错误的地方一定也很多，这就期待读者的指正了。

本书采用的图片主要的是根据：安特生（Andersson）的《甘肃考古记》，李霖灿的《么些象形文字字典》，罗振玉的《殷虚书契前编》，董作宾的《殷墟文字甲编》，吴式芬的《攈古录金文》，罗振玉的《三代吉金文存》，贞松堂的《集古遗文》，郭沫若的《两周金文辞大系图录》，刘鹗的《铁云藏龟》，黄濬的《古玺集林》，吴式芬的《封泥考略》，李佐贤的《古泉汇》，孙海波的《魏三字石经集录》，郭沫若的《石鼓文研究》，容庚的《古石刻零拾》《秦汉金文录》，冯云鹏、冯云鹓的《金石索》，罗振玉的《汉熹平石经残字集录》《流沙坠简》等书，总记于此，图片中便不一一注明了。

图片的挑选和摹写，多得徐知白、高景成两兄之助，于此致谢。

1950 年 4 月 15 日丁易记于北京

《大众文艺论集》前记

五四以来，在中国新文学运动史上，曾经发生过很多次文艺问题的讨论和争辩，有关这类的文献，差不多都有人给搜集编印了出来，如新文学大系里面的《建设理论集》《文艺论争集》，张若英编的《中国新文学运动史资料》，李何林编的《中国文艺论战》，苏汶编的《文艺自由论辩集》（按：苏汶即杜衡，在抗战期间做了汉奸，其人实不足道，但这部书里面还保存了当时的大部分文献），文逸编的《语文论战的现阶段》，新潮出版社编的《国防文学论战》，林综编的《现阶段的文学论战》，洛蚀文编的《抗战文艺论集》，胡风编的《民族形式讨论集》等，这样汇集资料，保存文献的工作，对于研究中国新文学的人是有很大的用处和方便的。

去年冬天和钟敬文兄偶然谈起这项工作，就谈到中国新文学史上有一次很重要的讨论到现在还没有给搜集编印出来，那就是1930—1932 年的关于大众文艺的讨论，敬文兄劝我编辑一下，并且给我提供了一些材料。恰好我那时正在北京师范大学担任"中国新文学史"这门课程，手头也有一些这方面的文献，于是就留心搜集，着手编校，便成功了现在的这本书。

1930—1932 年的大众文艺的讨论，在中国新文学史上是一个很重要的文艺运动，它继承了五四以来中国新文学大众化的要求，和 1927 年"革命文学运动"时期工农文学方向的初步提出，在这个基础之上，使大众文艺理论和实践向前大大发展了一步，同时在这一运动中，也提出了或者接触了大众文艺的一些基本问题，如大众文艺的任务、内容和形式的问题，知识分子向工农大众学习的问题，思想改造的问题，大众文艺的艺术价值的问题，普及与提高的问题等等，这些问题有的在这次讨论中解决了，有的没有很好的解决或完全没有解决，但问题总算是提出了，这是中国新文学史上工农兵方向逐渐形成的一个重要阶段，对于后来的文艺运动是有很大影响的。

在这次讨论中没有很好的解决或完全没有解决的一些问题，后来在毛主席《在延安文艺座谈会上的讲话》中都全部彻底解决了，复习了中国新文学这段历史，也就更进一步地体会到毛主席在文艺思想和理论上的伟大的天才和光辉的卓见。因此，这部书的出版，对于今天研究新文学史或是大众文艺的朋友们，该多少有些帮助的。

这部讨论集的文章都是1930—1932年的作品，那时有些作者对于中国革命性质问题还不大透彻明了，因此有些文章谈到这一方面就有些不妥当甚至错误的见解。不过这种不妥和错误今天看来已十分明显，所以在原文中也就不再加按语指出，只附记于此，希望读者注意。

文章的编排，略按发表年月的先后，因为这样可以看出讨论发展的线索。前面附了一篇《1930—1932年关于大众文艺的讨论》，这是拙著新文学史稿中的一节，以代序言，藉供读者参考，当然，更希望读者指正。

1951年6月25日丁易记于北京